# 一株玫瑰

【上册】

A rose plant

郑曼 著

黄河出版传媒集团
宁夏人民出版社

**图书在版编目（CIP）数据**

一株玫瑰：上下册 / 郑曼著. -- 银川：宁夏人民出版社，2022.12

ISBN 978-7-227-07736-7

Ⅰ.①一… Ⅱ.①郑… Ⅲ.①诗集-中国-当代 Ⅳ.①I227

中国国家版本馆 CIP 数据核字(2023)第 001361 号

**一株玫瑰（上下册）** **郑曼 著**

责任编辑 杨敏媛
责任校对 陈 晶
封面设计 文飞燕
责任印制 宋 华

黄河出版传媒集团
宁夏人民出版社 出版发行

出 版 人 薛文斌
地 址 宁夏银川市北京东路 139 号出版大厦（750001）
网 址 http://www.yrpubm.com
网上书店 http://www.hh-book.com
电子信箱 nxrmcbs@126.com
邮购电话 0951-5052104 5052106
经 销 全国新华书店
印刷装订 四川金邦印务有限公司
印刷委托书号 （宁）0025188

开本 880 mm×1230 mm 1/32
印张 14
字数 260 千字
版次 2023 年 5 月第 1 版
印次 2023 年 5 月第 1 次印刷
书号 ISBN 978-7-227-07736-7
定价 78.00 元

·序·

# 生活低处的芳香

干海兵

玫瑰，因其艳美和芳香，而被诗人们赋予太多的象征意味，但和外国诗人笔下那种奇魅、热烈的意象相比，我觉得郑曼眼中的玫瑰应该更具中国古典式的优雅与清芬，而玫瑰那种深植于现实、成长于平凡，但又脱俗高贵的美，让我觉得郑曼甚至和汪国真的感受有相似性。汪国真在《心中的玫瑰》中写“为了寻找你/我已经是伤痕累累/青春的森林真大啊/你的声音又太轻微/眼睛还燃烧着热望/心已是很憔悴/真想停下来歇一歇/怎奈岁月如流水/星星在每一个夜晚来临/候鸟在变幻的季节回归/我却不知/该是等待你还是寻找你/——我心中的玫瑰”。

郑曼感念时代生活中真善美的人和事，用诗意的笔触捕捉大千世界里每一个令人感动的瞬间，她的写作既是碎片化的，但又贯穿了个人现实生活的意趣和理想的坚守，即便是拟人化的叙事长诗《流浪狗》中在美好愿望和残酷现实间挣扎的

“小花”的遭遇，都以细腻的笔墨对社会人生作出深刻的诗意化的回应。郑曼对诗歌题材的选择信手拈来，一景一物，一喜一忧、一爱一恨，哪怕是在旁人看来确实平淡的生活常态，都能被她赋予哲思和意境：“黑黑的烟囱/土黄的灶台/已被厨房革命/几千年的炊烟也渐渐消失在/村庄的上空/精美的灶具虽然美丽/但我心中依然是你袅袅升起的记忆。”（《远去的炊烟》）社会生活的变革，促进了农村的城市化进程，现代性的工具开始介入中国传统生活的方方面面，既摧枯拉朽又粗暴直接。郑曼从乡村最具象征意味的炊烟着手，通过对柴火垛、灶膛、黑的烟囱等的具象书写，追怀逝去的美好事物，反思人在物欲化进程中的所得所失，从而让一首看似单薄的感怀诗有了深刻的哲学意味。

诗缘情，和中国大多数女诗人一样，郑曼的诗歌写作更多依从于内心的敏思、感念和灵动，《一株玫瑰》中涉及女性情爱的诗篇几乎占了三分之一，其中写到追怀的就有好多首，细腻、婉转、情感饱满而略带淡淡的感伤。“无论你爱与不爱/我都愿在爱的尘埃里/开出一朵卑微的美丽的花”（《遇见》）；“我曾对你表白/渴望着一生一世的陪伴/你却说不能永远留在我身边//……那一刻/我像极了你生命中的过客/虽充满了爱与留恋/你却注定不能与我一起走天涯”（《秋恋》）。

离恨别愁总是爱情诗永恒的色调，读郑曼的这些诗歌，我们能通过低语似的倾诉，缠绵但不失通脱的告白，以及对青春、家庭、人生的透彻感悟，体会作者眼中被升华的爱。读了《一株玫瑰》，我相信郑曼是受到仓央嘉措情诗、纳兰词影响的，她甚至还喜欢过席幕容、汪国真，对幸福美好生活的追寻和珍惜是人类最朴素的愿望，比如她在和书名同题的诗歌中写道：“你爱我吗/我总是这么问你//弯弯的笑眼/你说呢//举着满是油渍的双手/快点儿起床，凉了不好吃//一屋的温情/丝丝缕缕//你用倾斜的角度洒下/为我种下一株玫瑰/说要满足我中年少女的浪漫//我们醉成了甜蜜的玫瑰/在晨光下/在黑夜里。”多么温馨的家庭生活场景，语简意深，郑曼用小写意的笔法勾勒了一个爱情的经典画面，让我们体悟到在平凡而琐碎的现实中，只有男女间相互珍视、相互呵护，才能让爱情开出芬芳持久的花朵。

读郑曼的诗集《一株玫瑰》，体会有以下几点：

一是郑曼的诗歌经验是“谈情说爱”，源于女人的天性。她对爱情十分敏感，但又与网络平台等媒体上常见的同类之作判然有别。其所表现的情爱，既不是现场的如火如荼，也不是前瞻的海誓山盟，更不是忆往的悔恨泣诉。而是一场回忆和感觉，对曾经之爱，娓娓叙说，如《今夜，我在想你》《吹化》《飘零》《依然有你》《回眸》等首。《爱你如初》“纵然今生缘浅/你我注定天涯陌路”，但仍：

晨起念你，落雨念你
花开也念你
你的名字写了又涂
涂了又写
你喜欢的书读了又读
翻了又翻

郑曼这种从无时无刻不在地“念你”，到下意识地“写了又涂/涂了又写”，再到爱屋及乌地“你喜欢的书读了又读/翻了又翻”。看来此番思念要比“此情无计可消除，才下眉头，却上心头”更见幽深了。女人的细致精致和用心是显然可见的。无论是贴近小我情感的“借着今夜的星光/我想再一次找寻/那个满脸犹豫忧郁和沉闷的你/不管你曾经是否真心/我都永远为你准备着一片绿荫/在这样的一个夜里/等你”（《寻》）。

她的诗歌表现是款款再现式的，不急不慢，有如涓涓细流。如《一株玫瑰》《曾经》《别离开我》《遇见》《今夜，我将与你告别》《彼岸》《窗外》等首。《秋恋》的忆别有理由认为是当年情景的回放：

感谢你不经意的偷拍
留下了我最美的青春
及恬静忧郁的脸庞

那一年
我们走遍了海城的大街小巷
吃遍了不曾吃过的海鲜佳肴
迎着夕阳留下了我们最美的身影
……
远方的你
可否会想起一个女孩儿泪洒机场
无语凝噎……

而有时她的诗是殷殷期盼，如《余生想和你一起虚度》《寻》《芦苇》《幻》《渡口》《做一个深情的女子》《等你》。《等雪》一诗企盼的是重新开始：

多想等一场雪
能和你一起奔跑在雪地
听寒风呼啸
听雪落无声

多想等一场雪
今生你便是雪的勇士
飞舞在这熟悉的城市
盘踞在我整个心间

冰凉的雪和热切的期盼能够契合，盖因二者同秉洁白无瑕的共性。

我国古代的思妇诗几乎全是男子代笔的赝品，矫情虚滥；洋鬼子的情诗又直露热烈，滚烫灼人。相形之下，这些好似自言自语、内心独白的“中年少女的浪漫”（《一株玫瑰》），如初夏的凉风微拂额头，温软的羽毛轻抚面颊，轻轻的心语萦回耳际，激流归于纡缓，绚烂归于平淡，热烈归于平静，有意无意地暗合了温柔敦厚诗教的千年古训。而“我紧紧握住你的手/含泪看着你安静的双眸/一句离别的话也说不出口”（《秋恋》），“雨珠滴答着窗外的芭蕉”（《窗外》），“我想做一块千年的磐石”（《寻》），“你依旧身型俊朗/风度翩翩地站立于水的中央”（《芦苇》），则依稀可与“执手相看泪眼，竟无语凝噎”“雨打芭蕉”“望夫石”“秋水伊人”等古典意象叠加掩映。至于那个反复出现的意象“秋”也正是“中年少女”的隐喻，《秋恋》一首即有六次。同样的隐喻，《秋的留白》聚焦于中年，《爱的对白》则以叙事表现一段爱的邂逅。

二是读郑曼的诗，如同阅读一幅写生画。《月亮，依旧如水》速写故乡的月夜，最后收笔于故乡“挑水的少年”：“水井与月光的浅唱，低吟/静谧着梦里的水乡/那个挑水的少年/依旧如月光一般/缓缓地飘坠/洒满在故乡的村寨。”

《野菊花也有香味》由“你绚丽狂野的别致/简单纯粹的芳香”的山花，再由物及人于“银杏树下/一双影子相互依偎”，最后仍收笔于“我”：“秋雨缠绵悱恻/诗一般揉入心底/可曾有我才俊的青年/带着野菊花的清香/款款向我走来。”世界上没有脱离于人的景物，“一切景语皆情语也”，概莫能外。

三是郑曼的咏物诗是不错的。古谓之托物言志，即将主观情志投射于客观对象，其价值趋于认同。《茉莉花》之“我心里瞬间充盈了美好”，是因为对茉莉花“没有粉没有红/拒绝着黄，道歉着紫”的本色、单一，“简单到唯一/简单到高雅”的洁白、高雅产生了深切的共鸣。同声相应，同气相求，正此之谓也。《刺玫瑰》之“爱的欲望分泌着青春的毛刺/尖锐，锋利/使那些邪恶无情的魔爪无法靠近”，传达的是女性要自强自卫的意识。《夏日的花事》之“渗漫着心底的清凉”，亦因为“牵牛花的藤蔓……攀缘着我的青春……紫色的花朵/芬芳着我的情愫”，经历的类比、情感的共振使之然。

写生、咏物和爱情诗虽然抒写对象不同，但风格仍无二致，平静柔和，波澜不惊，细腻幽深，润物无声。犹如一丛多色彩的鲜花，静静吐出一缕淡淡的幽香。风格即其人，由此“可以想见其为人”，读诗而知人，不亦乐乎。

郑曼的诗集《一株玫瑰》要出版了，仔细读一遍之后，我也在问自己：这是一本什么样的诗集呢？温婉、平和、简单，作者似乎不在意对诗歌字词的雕琢，而更倾心用真挚、朴素的歌咏来呈现自己丰富生动的情感世界，爱情、亲情、乡情，还有无处不在的生命发现和感动，都在她朴素的笔墨中升华出淡淡的真醇的芳香。《一株玫瑰》共分十辑，选材和入笔视角虽略有差异，但总体风格的一致，让整本书充盈着感性开朗的抒情意蕴。

对于书名的选择，我想问郑曼为什么要用“一株玫瑰”而不是“一枝玫瑰”，小小量词的差异，折射出的却是审美向度的不同。“枝”是局部，而“株”是整体，从“枝”进入诗歌的写作角度，可能追求的是对生命细节的独特发掘，而以“株”切入，也许更多抒发的是对生活本身的诗意体悟。

在此之前，我也读到过很多优秀诗人以玫瑰为题的诗歌，其中不乏世界级大诗人的作品，比如博尔赫斯的《玫瑰》：“在我歌唱之外的，不谢的玫瑰/那盛开的，芬芳的/深夜里黑暗花园的玫瑰/每一夜，每一座花园里的/通过炼金术从细小的/从灰烬里再生的玫瑰”；更有奥地利诗人里尔克长长的《玫瑰集》，其中第 3 节这样写道：“玫瑰，你哦，卓越完美的事物/无尽地忍耐/又无尽地显露，哦头颅/长在甜蜜的身躯/你无可比拟，哦，这漂泊的时日/你是至高的精华/这爱的场所，我们刚刚前行/你的芬芳围绕。”还有叶芝的《秘密的玫瑰》、聂鲁达《最后的玫瑰》等等，都是经典流传的名篇。

作为不认识郑曼本人的一位诗友，通过《一株玫瑰》，我仿佛看到了一个知性女性丰富多彩的内心世界，她珍惜当下、憧憬未来，努力用诗意丰沛生命的每一段历程。也许从诗艺本身来说，郑曼还有不小的提升空间，比如题材还可更宽广些、入笔还可更奇巧些、表现手法还可更新颖些，但这些技术性的问题，相信悟性极高的她假以时日即可迎刃而解。

祝福郑曼，祝福她的生活持久弥香。

2021 年 7 月 8 日

（干海兵，中国作家协会会员，原《星星》诗刊副主编，一级作家。）

# 目录 >> CONTENTS

## 第一辑　遇见

## 第二辑　那一年

## 第三辑　远去的炊烟

**第四辑　微笑着善良**

## 第五辑　麦子黄了

# 第一辑

# 遇 见

# YUJIAN

# 今夜，我在想你

推开窗想让风带走我的思念
却发现深沉的夜色早已被雨打湿
没有伞的月光在枝叶中透着忧郁

你是漫天星海中最亮的那颗
我虽能感受到你耀眼的光辉
却触摸不到你一丝丝温度
受伤的痛被摇曳的树叶吹过

那颗念你、想你的心
在深夜的宁静里显得格外疯狂
只想静默在月光清辉的夜色里
静静地听一首我们熟悉的旋律

默默地让两行微凉流淌
寻不见你初见时的温柔
只想借口留点儿昔日的余温

# 一株玫瑰

你爱我吗
我总是这么问你

弯弯的笑眼
你说呢

举着沾满油渍的双手
快点儿起床，凉了不好吃

一屋的温情
丝丝缕缕

你用倾斜的角度洒下
为我种下一株玫瑰
说要满足我中年少女的浪漫

我们醉成了甜蜜的玫瑰
在晨光下
在黑夜里

# 吹　化

一抬头，就被烟火葱茏
一低眉，思念就被吹化

岁月很美，很温柔
我们大多时
都是缄默着

只有彼此的心跳
不必说爱，喜欢就好

在一页页文字的章节里
在一朵朵花开里
在一滴滴露水里
相互感知着对方的温度
时间已抚平了所有的褶皱

我足够地相信
一定会有那么一个人
温柔微笑地与你相遇
更长久，更纯粹

# 飘　零

晨起的雾
揭开了我相思的门帘
我用简单温馨的文字
吐露出了心芳
吟唱起一首陈年的绝恋
席卷着内心的荒漠
等待着一场心的飘零

我想幻化成一只唯美的蝶
只在你的世界里飞舞
捻一垄文字，凝于笔尖儿
墨香轻语着浪漫
紧紧抓住你年少轻狂的心

风载不动的柔情
你温情地拥我入怀
此刻，天地之间
只有爱情的花朵
在私语

# 爱你如初

风乍起、云涌动
纵然今生缘浅
你我注定天涯陌路
晨起念你，落雨念你
花开也念你
你的名字写了又涂
涂了又写
你喜欢的书读了又读
翻了又翻

你喜欢的味道，我做了一遍又一遍
都说时间会淡忘一切
时间会让浅浅的思念变得更浅
让更深变得更深

雨过天晴
天空如洗过一般
明净而清澈

远方的你是否一切安好
远方的你是否和我一样
爱如初见……

## 别离开我

别离开我，别把我留下
别把我丢在黑夜里
我默默地看着你
你头也不回
泪水止不住流下

我深深地爱着你
我愿意与你长相守
多希望你再次拉我的手
多想让时光倒流
别离开我
没有你的时光我不知道怎么走

别离开我
别离开我
我的心已被你带走
以往的嘘寒问暖
甜言蜜语

依然在耳边回荡
你的身影已渐渐模糊消失
可我的心已经冰冻碎裂

## 遇　见

遇见你，有了一眼万年的心动
有了灵魂与心灵的碰撞
有了沁心沁脾的芬芳与美好

尘封的心如一团蓝色的火焰
燃烧着自己
遇见你，在偶然的人海里
从此我的世界里
清晨也好，黑夜也罢
满是深情的追寻

无论你爱与不爱
我都愿在爱的尘埃里
开出一朵卑微的美丽的花

# 今夜，我将与你告别

夏天的风
暖暖地在天空回旋，歌唱
在这繁星点点的夜晚
破碎的心打着寒战
我爱他
有时他也一样爱我
这样的夜晚有无数
紧紧相依靠在他的怀里
星空浩瀚的天际下
我献上千万个初吻
他爱过我，有时我也深爱着他
爱他深邃坚定的眼神
今夜，我将与你告别
滚烫的情话
滑落到灵魂
如珍珠掉进大海
流星一颗一颗地划过
他已不知去向
有人在歌唱，在远方

我的心在找寻着他
而他却已走远
同样的夜晚
同样的城市
我们已不再是从前的我们
我已不再爱他
无比确定
不管曾经多么坚定
可也许我还爱着他
短暂的初恋
想忘记真的好难
他使我承受着最后的煎熬
而我今夜为他做最后的告别
为他写下最后的诗句

# 秋　恋

院子里的红枫
在夏末的秋色里
诱人的醉美

我喜欢
吹着秋天的风
看着秋天的雨
感受着秋的惬意

感谢你不经意的偷拍
留下了我最美的青春
及恬静忧郁的脸庞

那一年
我们走遍了海城的大街小巷
吃遍了不曾吃过的海鲜佳肴
迎着夕阳留下了我们最美的身影

我曾对你表白

渴望着一生一世的陪伴
你却说不能永远留在我身边

离开的那一天
也是秋风徐徐袭来
我紧紧握住你的手
含泪看着你安静的双眸
一句离别的话也说不出口

就在一转身的刹那
你眼中闪烁着泪光
我知道我的深情不曾错付
我的深爱不曾枉费

那一刻
我像极了你生命中的过客
虽充满了爱与留恋
你却注定不能与我一起走天涯

又是一年秋来到
远方的你
可否会想起一个女孩儿泪洒机场
无语凝噎……

# 彼　岸

故事在暮色中闪烁
双目对视着彼此
遗落的两串脚印
被阳光的露水渗湿
在尘埃中堆积着信仰

一个眼神，一个暗示
构成了血液里的灵魂
隔着干枯的河床
相望彼此
一生，一世
只为了一场彼岸的重复

多少春花秋月的诗情
不知为谁地老天荒
用一杯茶的冥想来回忆
用一首歌的时间来纪念
一个人挣扎在记忆的思绪里
啜饮着撕碎的过去

守着一份落寞与无奈

思念的曲调落在茶杯里
每片茶叶上写满了你的名字
漂上，沉下
雁鸣后的孤独
秋风后的冷清
醉心于自己的痴情

一夜，又一夜
哭了，笑了
万语千言
只能沉浸在美丽的瞬间

蓦然回首
往事，故人
都被淹没在茫茫人海里
我在此岸
拨开云雾的遮掩
一张旧车票载着记忆
已在星光中归去

# 梧桐花开

青春在你的枝干
表现得如此热烈
如此执着，紫色的花瓣一串串
挂满了枝头向外翻开

似乎努力地向人们展示着
我并不是孤独地挺立着
我也有风花雪月的紫色浪漫
不管在哪都可撑起一片蓝天

我想把你动人的花蕊
写进诗行，可你芬芳绚丽的容颜
总是轻撩着我的思绪

摘一朵花，做一个梦
让摇曳的心影，珍藏起浪漫的紫色

花心的栖息
在夜里悄悄地绽放

听，小喇叭在低语
在歌唱
在呼唤着远方的他

# 回　眸

喜欢的歌已很老
喜欢的人已久远
时光如风的犀利
一点点削减着记忆的残存

曾经欲死追寻的情感
居然被时间给医治得没有了痛感
如果时光忘记了转动
至今还停留在说爱我的那天
你说

在世界的那一角
会不会有一个我们的家
仅一个回眸的瞬间
有时会穿越尘世的栏栅
时空与障碍

如此动心的目光
我的灵魂战栗着你深情的回望

成为我内心最后的珍藏与坚守
不断抚摸着我的灵魂
温暖我日渐冰冷的生活

# 等　雪

多想等一场雪
在那洁白的童话世界
你我一如从前
牵手走在铺满雪的街头
那两行深深的足印
歪歪斜斜一直延伸到路的尽头

雪落在静谧的小居
尖尖的屋顶洁白一片
窗内的小太阳烧得通红
我们紧紧地依偎着暖手袋
静静地倾听雪落的声音
那一刻
博学多才、诗意浪漫的你
如雪一样蹁跹在我的心灵深处

我深爱着飘落的雪
它有多白
我就有多深情

多想等一场雪
能和你一起奔跑在雪地
听寒风呼啸
听雪落无声

多想等一场雪
今生你便是雪的勇士
飞舞在这熟悉的城市
盘踞在我整个心间
直到天荒地老
无论雪落在哪儿
都沾染着我相思的泪

# 余生想和你一起虚度

低头看书、抬头看窗
发呆，静思
我想和你一起散步
漫无目的
一直消磨到星光熠熠
一起消化精致的茶点
一起虚度
短的沉默
长的欢笑
想和你一起浪费宇宙的黑夜
阳光的明媚

随意提笔蘸墨
一起书写墨香的人生
一起虚度余生的时光

# 寻

夏已深到了初秋
我在黑色的影子里
静听着风的声音
近了，远了

我想托着夜色
带去我的思念
借着风
捎去我的牵挂

我想做一块千年的磐石
以一种不变的姿势
停留在你回家的方向
只想让你
停歇一下疲惫的双脚

默默地等你
找到自己梦的港湾
与天使一起翩翩起舞时

而我会像某个早晨或黄昏
在你毫无主题的记忆里
戛然而止
了无痕迹

借着今夜的星光
我想再一次找寻
那个满脸忧郁和沉闷的你
不管你曾经是否真心
我都永远为你准备着一片绿荫
在这样的一个夜里
等你

# 芦　苇

天是那么清亮，湛蓝
云还是那么高高在上
六月的芦苇，青得不深不浅
温润，柔和

对着干枯瘦小的河水
于一片青色中绵延
一枝枝芦苇
饱满自信地顶着一穗芦花
回忆着青涩的懵懂

不管风雨来得多么急骤
雨下得多么疏狂
你依旧身型俊朗
风度翩翩地站立于水的中央
期盼着古老的节日

深邃清澈的目光

搜寻着
那个白衣飘飘的女子
采苇而来

# 窗　外

雨珠滴答着窗外的芭蕉
天色阴郁，暗沉
突来的风，翻刮着宽大的叶茎
滚落的雨滴
如我相思的泪珠
飘摇的花朵
搅乱着心的海洋

紧贴的胸脯
感受着彼此心跳的温度
谛听着爱的心语
试问雨？你为何被风带走
梦里只有孤独

雨，来或不来
声声的思念，撞击着心房
有增无减的依恋
越来越浓
雨滴在夜里拍打着芭蕉

相互守望的距离
被黑夜拉得
越来越宽

时光不曾停顿
鬓角已渐白的发丝
你的胡须也不会例外
晨起的露珠
依旧晶莹，透亮

## 幻

你的唇
燃烧了整个冰山
流淌着纯洁与思念
彼此回味

一种蚀骨的疼
渐次吞噬着心里的底蕴
经年的况味
五味杂陈得如此淋漓

我的目光没有色调
只有洁白的定力
秋，来了
身体里有了萧瑟的质感

回眸，已是昨日的黄花
深沉的眸光
滴落在心碎里
落在无垠的迟暮中

愿我们今生有约
约在秋天的落叶里
约在书宣流转的飞白里

没有玫瑰和音乐
没有巧克力蛋糕
只有些倔强和苍凉

情人节是谁的
寻觅着烂漫的无踪
无言地沉默着

我依旧在转弯的路口
等你

# 渡　口

是你，轻轻地来
如一片洁白的云彩
淡柔风轻

九月的阳光渲染着金秋
也揉碎了秋的哀愁
温暖着冰封的角落

心灵的渡口
每一秒都流着霞光
流连着梦境的幻美
凋零的花瓣似洒落的泪
等待着岁月
淘洗出它最美的颜色

记忆被深埋在胸前
夜里瑟缩着哭泣
舒展着记忆的躯体
冲刷着眉宇间的灰尘

温柔着它的世界
爱情在秋风迷醉中亡故

某个街角
你是否会想起曾经的身影
曾经的期待
泪光中
叨扰着你远去的身影
心海泛起着心房的跳动

静默着
站在心灵的渡口
佑你的彼岸
不会寒冷

# 舞　者

重低音的喘息声
很轻，很匀
优美的旋律在血液里流淌
扭动的腰身如跳动的音符

旋转的脚尖儿
放肆抖动的双臂
都不能打乱你的心率
变换的灯光，起伏的幕布
粼粼折射出美的诱惑

一束幽蓝的光照射着爱的孤独
瞬间的定格却散发着醉人的迷离
旋转，大跳
如一团燃烧的火焰
汗水顺着发丝滚落在聚光灯下

你的舞姿与生命一起绽放
如烟花般灿烂

每一个华丽的转身
都是辛酸和苦楚
只把优雅和美在音乐里吟唱
旋律的高潮，拥抱着肉体
淡然的心已被你披上羽裳

舞台下
心的陶醉已超越了掌声
被青春咀嚼的爱情
注定没有结局

# 秋的留白

就那么几片，几缕
足够留白，幽幽地
映衬着最清明的秋日

抬头看，你已被风吹散
如层叠的云，在碧海泛起波纹
灵动，清透

今日的我也很是奇特
追随着你向同一个方向移动
随意，随性
这才有了自然成诗的唯美

历经了酷夏的蒸腾
这时有了归隐的闲趣
窄缝里透着蔚蓝
纯净而美好

你如我作画的纤毫

丝丝带墨地晕染着旷蓝
我心也悠悠而然地缥缈
如醉，如仙

## 月亮，依旧如水

村口那汪摇曳着
星月的水井
如昨夜的月光
漫进我淡雅的窗帷
很亮，很深
吊桶与绳索
像一只寻找归巢的鸟

如水般的腰肢
轻柔地晃动，下沉
被击碎的月光
依然亮得耀眼

一首淡淡的
没有旋律的歌
从月光深处飘出
柔美的涟漪
荡在我的心头
雾一般

弥漫了我的山水云天

水井与月光的浅唱，低吟
静谧着梦里的水乡
那个挑水的少年
依旧如月光一般
缓缓地飘坠
洒满在故乡的村寨

# 野菊花也有香味

深秋的草木仍有绿意
却浸染了萎靡与颓败
春的生机与夏的炽烈
已荡然无存

空旷静默的山野
在瑟瑟的秋风中
飘逸着恬淡的幽香
似一片或一丛
五彩的烟花
点燃整个山野

陡峭的山石
枯黄的山坡
你绚丽狂野的别致
简单纯粹的芳香

风缓缓地吹
野菊花摇曳着曼妙

恍惚又看到
你手里那一束野菊花
那时那刻
你心里一定盈满了爱

银杏树下
一双影子相互依偎
望着天空的明媚
山的唯美
暮色之中
我们携手同看斜阳
爱意染了流年
染了那一片火红山脉

秋雨缠绵悱恻
诗一般揉入心底
可曾有我才俊的青年
带着野菊花的清香
款款向我走来

# 当 下

日子甜得像清晨的柠檬水
微醺的风，吹着花的枝丫
自由摇摆
遗失的梦一点点被文字找回
诗与远方
如初冬的太阳包裹全身
舞动的笔尖
如第一次遇见
紧张羞涩
又想紧紧地跟随
奋力地追着游着
游向梦里的大海

# 做一个深情的女子

学会看花
就会看云，月与星辰
听雨，听泉，听音乐

月下漫步
捡拾飘落的花瓣
思念远方的你

你随意的馈赠
宛如黑夜的流星
点燃平淡无奇的生活

深情的山，温柔的雾
世间最美的我的微笑

让我做一个深情的女子
让爱像阳光一样包围你
我的世界也会变得非凡

要温和的爱
不时地对望一眼，就好
在心灵深处紧紧相拥

# 茉莉花

洁白淡雅，素雅内敛
稀释了夏日的沉闷与燥热
氤氲在室内的香气
使人陶醉痴迷

没有粉没有红
拒绝着黄，道歉着紫
简单到唯一，简单到高雅
你莞尔一笑
我心里瞬间充盈了美好

悠悠弥漫着
含苞，初绽怒放的生命
与我相处，相知，相谈
不争不比，独有一份自在
使陋室变成雅居
使夏有了夏的味道

## 刺玫瑰

墙角刺玫花
花瓣紧密，芬芳灿烂
谁都会惊叹它的繁茂、美艳
在春天的微风中放肆地摇曳，舞动

爱的欲望分泌着青春的毛刺
尖锐，锋利
使那些邪恶无情的魔爪无法靠近
坚强娇嫩，脆美
绽放在城市的一个角落
美丽地开放，默默地凋零
一季
一年
等待着它的春天

# 夏日的花事

夏风的穿透
摇落了一季的言辞
牵牛花的藤蔓
缠绕攀附着院篱
攀缘着我的青春
缠绕着红尘的故事
历经着四季的轮回

紫色的花朵
芬芳着我的情愫
蔓延的绿蔓
再上枝头
只为那缕阳光的温柔
点缀着庭院的青翠
腾跃着向上的时光

雷雨，闪电击穿着年华的青涩
雨水潮湿了宣纸的纯白
泄露了世俗的红尘

停在心底的蝉鸣
曾是我春天的留痕

别过的青春流年
此季不必再问
让一片片的花瓣
蓄谋着曾经的花事

夏雨，滴落在季节的衣角
碰碎了一季的叶脉
驱赶了夏夜的蚊虫
飘散的长发
触碰着夏夜的心跳

梦里梦外
传来紫燕的呼唤
彼岸的距离
一年又一年
夏日的花事
渗漫着心底的清凉

# 雨做的云

一朵淡云
挣脱逃离着阳光的怀抱
天空如一团黑色的火焰
在燃烧，蔓延

在暗淡乌黑的底色里
任凭苍穹遮掩住最后的清丽
独自欣赏着红尘的繁华
仰叹着凄凉的人世

太阳披着袈裟
走出了厚重的佛界
把透亮的佛珠
挂上了世间的草尘

一把雨伞
宛如一个哽咽的少女
向远方的情郎
诉说着相思的煎熬

远望，是一片朦胧落寞
心情如我的笔尖
只勾勒出岁月的云朵
遗落了美丽的颜色

掠过眼眸
云以雨的方式
落入了大地的怀抱
一丝清凉，穿透了心灵

# 等　你

让时间留出爱的空白
哪怕倾其一生
等你
等那旷世奇缘
能触动心弦的灵魂
听从着彼此心灵的共鸣
从遥远的山谷川道，打马而来

相思的红豆被夜侵染
心里挤满了相思的花蕾
唯美深情地渴盼着
红色遇见红色的浪漫

夜色深沉
我用思念的笔尖
修饰着爱情的诗句
用多情的文字把爱升华

# 爱的风雨

院子里那株浅粉的月季
舞动着独傲的青春
在阴雨的清晨
灵动着馨香

借一场雨的相思
打开蕴满暖香的记忆
情逝，心殇
在心头孤单地起舞

我把大把的深情给了昨日
风，绝情地摧残着情的缠绵
雨，残忍地带走了爱的期盼
此刻我沉醉于往昔的旋律
念你如初

赤裸的双脚在雨里重复地揉搓
将往昔的浪漫柔情
轻轻地触碰

细细地品摸
心底流出最深的眷恋
徜徉在最浅的流年里
透过夏雨
柔柔地刻在晨风中

深深地藏
轻轻地念
悄悄地将你
留在素淡、静美的文字里
与生命一起相依不离

## 秋的邂逅

一座城
一个人
透过唯美的秋色
撩起心中无数的思绪
相思弥漫了整个诗意的北国

爱在秋色中缓缓流淌
明媚又欢喜
银杏叶黄了
你却如同落叶
飘零得再也回不到树枝
我的世界一半明媚
一半忧伤

枫叶遍染着秦岭的火红
踟蹰在这秋色的浪漫里
美了整个秋岭
只是曾经欣赏的你

已不在身旁
再怎么旖旎
也是别人眼里最美的风景

# 一条红丝巾

寒风一阵阵地抽着我
疼得眼泪在脸颊上
流出了一条沟壑
那一片夹藏于日记的落叶
捡拾起了心里那一季的曾经

一直都在等待，一直都在期待
漫天飞舞着浪漫
飘洒的长发凝聚着朵朵
邂逅的诗意

飘舞的雪花
每一片都写满了相思
当消解了半生烟云
砥砺过了半世的沧桑
片片都是生命的重量和质感

你可记得我那条红丝巾
美醉了那一季的冬天

缠裹着我永远的牵挂
被雪覆盖的过往
犹如被风吹散的故事

# 只有云知道

风带着凉来了
云起了
一团一团包裹着我
若远若近，幻觉一般
我仿佛行走在无人的天界
与真实的自己相遇

云紧跟着风前行
经历着苦难与精彩
浅浅地掠过天空
不留一丝痕迹

只有云知道
我在回味着孤独
遐想着自己
总会穿过心灵的羁绊
与阳光相遇

只有云知道

天空黑暗到一定程度
星辰就会熠熠生辉

最苦痛的深情
莫过于每一次的相遇
诗情画意的浪漫
最柔的雨滴落着
云偷偷蓄谋着
只是想记下此刻的温暖

起风了
云又散了
山还在脚下
那遥远的温情无法触摸
或许你早已忘记
但是云知道
云，一定会知道

# 来生，还想遇见你

只能凭借着记忆
默默地靠近那时的你
此刻只愿时间慢一点
再慢一点，阳光暖一点
再暖一点，梦里是你星星点点
似飘落的雪花
恋恋不舍

梦外的万里千里
寻寻觅觅
经年中的那一份爱恋

你在哪，找不到你的身影
闻不到你的气息
听不到你的声音
只能默默想你

渴望来生
还能遇见你
如此，可好

# 春的阳光，风雨

多情的春
把所有的美好都定格
文字，相机
谱在动听的乐曲上

舒缓一下紧绷的严冬
带着孩子般的野性
与风筝一起奔跑
丽日得意的笑脸
洋溢出春日的灿烂

春风的摆渡
吹开万紫的千红
吹开深藏的情愫
你在哪里
是否也在感受着春风的度化
惊动着
我们已失的青春灵魂

那种爱的感觉
你不觉得像蜜一样的甜
虽然缺乏着丰满的触碰
亦如海市蜃楼

曾经的信誓旦旦
也虚无缥缈
如梦里相遇

春雨终是来了
如同我内心的欣喜
祈盼着
在桃红梨白的花下相逢

虽然多了些泥泞
却也多了一些搀扶
也多了一双牵拉的手
更多了一颗爱他的心

第二辑

# 那一年

## NAYINIAN

# 城墙上的灯展

烟火在天空写满了灿烂
元宵的笑脸一次又一次
在厚重的历史上空闪现
灯影重叠着，交织着

长安城的灯笼挂满了春意
怀春的少男少女嬉笑打闹
猜测着炫耀的灯谜
情，初绽的倒影让人醉美

曾经的相约是否早已忘记
只剩下一轮圆月含羞地远探着
以往的缠绵

喜庆的城墙依然热闹非凡
那年的汤圆包尽了所有的甜蜜
城墙边那些瞬间的美丽
在时间的荒野里
悄悄地老去

# 那一年

坑洼泥泞的乡村路口
被雨水打湿卷起的裤脚
扛着新晾晒的麦子
雨水和汗水一起冲刷着
黝黑布满褶皱的脸
被泥巴裹得看不见的双脚
有力地稳健地走在泥泞中

农户家机器的轰鸣声中
麦壳被长长的布袋送去了猪槽
洁白，如雪的麦芯被收入袋中
一个城里堂亲
收下一个家的嘱托
一颗精白的麦芯

宽大的柏油马路
一双羞涩的局促的
揉搓着鲜艳绒面的新鞋
站在了城市的中央

打量着陌生新鲜不同于乡村的街道

杂物间的窗台上只有一副碗筷
紧贴杂物的小床上
孤独地放着一本没有封面的《呐喊》
及一本塑料皮的日记
小小的空间垒满了高高的杂物
一个转身，就会站到门外

机器在飞速旋转
一副副床单像一条条白色的蟒蛇
交融扭动在一起
一排排指示灯红绿交替地闪烁着
宽敞的洗衣房里
随意被人指使
训斥和挤兑
农村出生的凤鸟
在城里的鸡架上
吞噬着泪水和屈辱……

城市的自来水真甜
滋养着，冲洗着
乡村红的脸蛋褪去了色彩
替代的是粉白清秀
身姿的曼妙

一个跛脚的工人
站在她的面前
俯视着情窦初开的花蕾
青春美好的懵懂
在那一刻被深深地掩埋

发黄的塑料本滴落着
愤恨不公的灰尘
夜深月高时
心里的泪水冲刷着
身边空气弥漫的污垢
卑微地生活在城市的一角

发颤的双手捧起微薄的薪水
瞬间掩盖了所有的屈辱和委屈
信鸽飞走了
寄去了思念、希望和安心

夏天的城市
是多彩喧闹的
城市中心的烧烤摊上
冒着孜然的烟香
彩色的裙子，宽大的喇叭裤
引领着城市的潮流
站在城市中央的姑娘
静静地欣赏着

嘴里默默地咽下城市上空烟香的美味

南海的风
刮起移动的坯布，一个小小的钥匙扣
挂在了城市夜幕下的广场
干瘪的口袋慢慢有了褶皱

一张社会报名表
把遗落的课本
又重新捡起
朝读暮诵
终于又迎来了人生的
另一个拐点……

把自卑和胆怯藏起
挺起早已隆起的胸脯

手里捏着一个装满希望
褶皱的牛皮信封
迈进了平等互爱的集体

欢呼，喜悦，激动
包裹了心底最初的那份卑微

快乐的时光总是短暂
存储的养料撑不住疯长的青春

缩减着正常的一日三餐
躲着，忍着，熬着
被接济着

南北的高铁、飞机呼啸
江南，大漠，珠港澳
中国走进了世界强国
站在了城市中央的姑娘
优雅大方时尚地
拥抱了整个城市
喧闹的城市静默了

一阵风吹过
云被鸟掠过
城市的上空
浮现出一本发黄的日记
还有一本破损
没有封面的《呐喊》

# 木偶，面包

## 木偶

时光倒流着
绿荫下的阳光透着清新
旋转的木马上下机械地奔走
我费尽全力跟着节奏
慌乱地爬上突然降落的木马
移动的舞台停靠在革命的公园
古色的建筑透着宫殿般的气势
几根线条勾扮着木偶的喜怒
舞动唱腔的花旦，老生
释放着昨夜的灯火
储存着今夜的高歌
白色的泡沫箱油迹斑驳
却散发着诱人的奶香
我紧紧地追逐着它和主人
睡梦中的老生给了一张纸币
我慌张喜悦地奔跑

快到没来得及品尝香味
一半就已滑落到了胃的深渊

## 面包

掉落在衣服上的残渣
一粒一粒地被捏起
积攒在一堆
香味瞬间弥漫了全身
植入心底
台阶上的小女孩
回味着不同于乡村的黄馒头
看着树荫下斑驳的阳光
刺眼，明亮
手心里还紧紧攥着
剩余的一个硬币
静静等待着老生的梦醒

## 雨

水珠轻盈飘零着
点点坠地，沁湿了心情
心也跟随着下沉
静谧填充了整个世界

夏已来临，心却逃不出冬的严寒
空气中清新的雨丝
轻浮着浑浊，飘然而闲适

无数的纷杂与困惑
映照出形态各异的面孔
真与假，虚与实
你或他，交替着闪现

雨一味欢喜地下着
聚积的水洼荡开
一千个圈、一万个圆
一轮套着一轮

所觅所欲，都在雨丝里暂停
泪珠与雨水
一起滑落在精致的妆颜

# 干　杯

夜深了，听着沧桑的歌
寂寞一点一点地渗入血液

我多么希望
痛苦被稀释一些
让心底的泪流出

有一双，关注的目光
能将我的心看透

不喜欢喝酒，却想麻醉现在的自己
掩饰一下苦痛的灵魂

一遍遍地翻看地图
却找不到自己想要去的地方
我的双眼迷茫

举起杯，给深夜的痛找个依靠
给深夜的无眠找个借口

举起杯，与寂寞干杯

# 唯　美

蔚蓝色的晨曦冉冉泛着白光
不管昨夜经历了怎样的泣不成声
黑夜正欲隐退
时间的脚步悄无声息地翻篇
只能铭记或者遗忘
那深爱过或者伤害过的以往

晨起的风，柔柔的，绵绵的
穿过我的耳边
抚摸着早起凝脂的面颊
恬淡，清爽
露珠，晶莹剔透的
在叶片上滚动闪烁
润着晨曦的唯美

灵魂和希望一起奔跑着
去迎接清晨的第一缕阳光
我无声地把花瓣抛向空中
让其润在自然的淳朴中

借助风的翅膀
在清晨的氤氲缭绕中
情深切切

# 夏的诗语

期待，云渐渐散去
夏的季节更加深绿
期盼着，深巷的幽居
描摹起记忆的情愫
用清凉的井水调和着墨色

清晨，草尖上的露珠
悬挂着，晶莹着
似乎隐藏着醉人的爱情
又如时光的镜子
折射出内心的安然

中午，燥热，炎热聚集着
暴晒的太阳如火一般
期盼着丰收的喜悦
树上的一声惊鹊鸟鸣
寂静了午后

黄昏，没有了燥热

风起，阵阵清凉
晚霞映红了天的边界
画面被瞬间定格

夜晚，月色朦胧
荷香渺渺
那味道定会治愈伤情
那股清凉
铺垫出了我生命的静谧

一茶，一墨
一宣，一人
淡墨渲染
在文字里浅滩拾贝
收获着满足与幸福

# 被雨吻过的夏

夏雨，有着放荡的情调
沁人心脾的凉
绿与绿簇拥着
一团团，一簇簇
静静地吸纳着
空气中的湿润
潮幽幽地生长
迎接着丰硕的秋

被雨吻过的夏
沉默，欢乐
天空大地，茂密着繁盛
一株株，一片片
生长，绽放

我卸下满身的沧桑
把诗意刻在肩上
心里唱着无忧的歌
思绪飞向远方的云朵

# 合　唱

绿叶舞动着盛夏
知了的嘶吼
伴随着梧桐树梢的摇摆
热烈欢快地为大暑开场

几声雀鸟的鸣叫
混杂在蝉鸣的长调里
清脆，婉转
低吟浅唱着欢愉与和谐

我与盛夏约定
嗅探着彼此的呼吸
标志性的长调
静谧在自然的旋律中

中场的鸟儿
攀附着树枝，来回荡起了秋千
迷醉在自己的影子里
惬意随性

# 找寻四季

花开了又落，落了又开
一年又一年地交替

我在找寻花红柳绿的油彩
却寻到了微风吹皱的湖水
苏醒的万物醉了我前行的心灵

我在花丛中找寻怒放的鲜花
却找到蜂舞蝶迷姹紫嫣红的一片
处处的绿荫繁茂
迷乱着我的双眼

我在田野里找寻
在凉风阵阵的惬意里
看着大雁南飞
仅找寻到了金黄灿灿
瓜香果甜

光秃的枝丫满目苍凉

清一色的灰白主色系
我却寻到了
洁白晶莹曼舞摇曳的雪花

我走着，寻着
品味着四季的更迭
赞叹着季节的繁华与热情

我成了四季的铁粉
在平淡中泅渡，游走，回味

# 走进八月

走进八月，在暮色如水的秋夜里
静听着秋雨的缠绵
桂花的暗香冲击着心脾
在这清爽缓慢的时光里

心情被放逐着，灵魂被释放着
香了心，香了世界

红黄绿的三色叠加
微凉的翠还在叶的边沿
任由我的剪刀，落在哪一块
都是一幅质感十足的油画

迎着落花走去
那不只是一抹相思
被时光剪瘦的背影宛如一张画像

一地的残花落瓣
我把它定格在我的记忆
为八月的初秋增添一点姿彩

# 初秋的风

云淡了，风凉了
蝉鸣更有韵律
夏日的心事被高歌着

时光在品味着一样的四季
不一样的欢愉
倦怠和期盼适时地切换着
更迭着

想着夏的酷暑
想着夏的浪漫
想着夏的雷雨
心也随着秋风飘向了远方

昨天的相识还鲜活地
在脑海跳动
谁没有一段迷人的风景
谁又没藏过一点青涩的秘密

穿过时间的缝隙
我还沉醉在曾经
寂寞忧伤的少女时光

心被战栗的痛揪着
爱被比伤心的泪染着
内心的落叶声一片一片

我喜欢秋
喜欢那种热烈之后的沉静
喜欢在秋的沉静中
酝酿着另一种爆发

在时光的脚底
全是无法缝合的碎片
待风拂起衣角
给自己一个赏梦的心情

在眼泪与秋雨的浑浊中
感受着什么是生活
什么是爱

## 六月的飞雪

天空如水墨写意一样
怒放晕染着灰和黑
风刮走了昨日的阳光
雨带来了此刻的阴冷
雪的白
隔开了翠绿和湛蓝
山仿佛戴了一顶帽子
我站在山顶不寒而栗

六月的飞雪，来不及躲闪
就已被寒冷遮盖
冰冷一阵阵侵蚀着仍有余温的心脏
温热的血液瞬间被蒸发
积攒一身的血汗
完全迷醉于风
只有那云，被天空牵挂着
没有人知道六月的飞雪
埋藏了多少秘密
内心的失衡错位

煎熬着，期待着
心却从头到脚地冰冷
假如，如果
都不曾开始
一切都会，岁月静好

雨，雪，风
一起夹杂着，砸向我的头和脸
流进血液，冲到脚趾
我努力寻觅一个发泄的方式
却被风肆虐得睁不开眼睛
只有用眼泪洗掉眼泪
用孤独驱散孤独
在书籍和文字中舔舐着
难以愈合的伤口

六月的飞雪
违背着自然规律
无法预知的突降
注定是短暂的，潦草的
艳阳高照的晴朗
已在随风待命
期待着涅槃重生

# 那一天

那一天
你像阳光下清新的白桦树
我踩着梁祝的旋律
与你相识
就一眼，成了我的永久
彼此走进了对方

窗台上的冬菊娇如玫瑰
玻璃茶壶上煮着芬芳的黄昏
墨汁印染了斑驳的毛毡
书桌上不知啥时多了
一副花镜

阳台上的摇椅被猫抓晃着
餐桌上有你摆放的一羹一粟
习作的诗句
也没有了往日的灵气

一长一短的影子

相依，相随
路过一池残荷时
目光依然淡定安然

山一程
水一程
有一搭没一搭地聊着陈年
忆着情深

飞雪的寒冬
你我相拥取暖
我依然是你臂弯中
温暖的依偎

青春已日渐远去
但我们的情依旧
爱仍年轻
一起并肩携手共度暮雪

## 致青春

发黄的照片上笑容依旧
校园依旧
依然天真的我们
如花一样飘过
多想再见你们一次

匆匆那年一别
不再相见，不再长谈
不再过问琐碎日常
不再八卦谁是谁的他

多想再一次彻夜长谈
一起笑那个傻傻的男生
一起谈心里的秘密
把无聊的话题谈到极致

多想再次送别你们
再次拥抱你们
我青春的伙伴，同窗的好友

那时的我们青春激扬单纯幼稚
又怎能忘记我们集体旷课夜不归宿

尽管我们不再年轻
可回忆是年轻快乐真诚的
早已不再惦念你的容颜
只希望你一切安好

独自前行的路上风雨坎坷
我们用苦痛换来成熟
用血泪积累着财富
青春的面颊也被
戴上了厚厚的面具

多想再一次
一起笑，一起哭
一起看夕阳最后的艳丽
一起回忆那青葱的故事

## 晨　夕

一束刺眼的光
穿过那条被遗忘的街道
还有那条生活的河
飞鸟掠过树梢
蝴蝶飞进花丛
晦暗的日子也能闪闪发亮
暖暖的阳光渐渐隐遁
落日蹒跚着行程
夜晚向他敞开了怀抱
朝云暮卷，轻愁薄绪
夕来也默默
去也默默
纵使寂寞，也开到荼蘼

# 童　年

那时的天那么蓝
那时的人那么真
那时的快乐是那么简单
那时的你我是那么相近

回忆的思绪经常充斥着脑海
让我又拾起尘封的笔
记录起了一种种过去
一点点曾经
一段段美好

记忆的容颜
在现实中重叠
一切已变了最初的模样
未变的是曾经那颗相识的心
我又激动又欣喜无措又享受
在忐忑中期待

无论多久没见

总能在最初的几秒后
适应着彼此
唤醒起童年的曾经
寻回那份最真的情

一场相逢
铸就了我繁多的思绪
才发现自己需要
借此来警醒自己
未来莫要忘记最初的模样

# 幻　化

翻飞伸展的针尖
舞动着柔美的线条
轻嘬了一口
满口的苦涩

腮的夹缝里流出了
一丝清香
滑入了腹中
在音乐的律动中上下飞舞
瞬间我整个灵魂被浸透

一团的心火，也渐渐熄灭
给自己寻一方晴空
听一曲琴音
吟一首小诗
忆一段过往
念一抹情怀

无所谓的终结

一份爱，一份情
滴滴的深情
在时光中依然滑落

守着一壶的清香
不浓不淡
独自抚慰着躁动的心绪
慢慢地熨烫着生活的褶皱

# 无　题

黎明前的黑暗似乎
更加漆黑
也格外宁静
一束赤裸白光
在无菌的世界里静默
注视着白衣的女子
在撕扯剥离着病痛
默默地祈祷
曙光早点来替换自己
阳光明媚的日子依旧灿烂
等你追着光，来拥抱阳光

# 与迷离的秋雨一起同行

一把季节的钥匙
带着清凉
温柔地，轻轻地
打开了秋的丰登

你看，金黄色的田野
五谷也都敞开了胸怀
你听，舞动的枫叶在私语
清唱着丰收的赞歌

你闻，甜甜的苹果
香香的酥梨
散发着诱人的气息
满身香味的菊花姑娘
也含情脉脉地舒展着舞姿

风吹着金色的哨子
喜鹊衔着枯枝造起了窝
松鼠欢快地捡拾着松果

这画面这旋律
让一切情绪都诗化了

与迷离的秋雨一起前行
把一切的感伤都落下
处处的风景
都是水墨渲染的画卷
都是生命的体验和轮回

# 孤独地行走

我用力地微笑着
迎面飘来的雨
随风任意飘落在我的脸颊
想看清楚前方的风景
可在密集的风雨中
我只看到自己落寞的双脚
孤单无力

在世界的另一端
哼唱着不成调的小曲
我想找一个出口
奋力想抓住
天空却什么也没给我留下
甚至雨停后也依然没看到彩虹

当寂寞遇见了孤单
我想记录当下的心情
却找不到一句贴切的语言
生活只有杂乱

明天只剩了期待
我的世界显得苍白空洞

甩了甩淋湿的头发
像是甩掉那莫名的伤感
没有了说话的欲望
只是静静地看着
插在花瓶里的蓝天竹
为啥在这阴雨暗沉的空间里
愈发红得耀眼

# 寒　凉

风，依旧在吹
雨不时地下着
风过，雁声已远去
雨停，尘埃也已落定
仅仅一个瞬间
便覆盖了秋的轮廓

在秋的寒意里
自己的心却这般的静
看着月光下模糊的倒影
安静沉默也惆怅
或许，这才是秋

月与云烟相依着
衬着万籁的静
苍凉而皎洁
在天地洒下
一片朦胧的墨色
思绪渐凉着飘向远方

雨迷离得如风一样

时而悠远深沉
时而明快粗犷
惆怅的空气清新湿润
已有了深秋的味道

随性的秋风如诗词曲赋
让人心生涟漪
偶尔肆意如一匹野马
一路狂飙
所到之处满是凄凉

枫叶浅淡的静美
似有情愁几许
却未陷入萧瑟之态
有叶飘落
姿态也是沉静安详

松树映衬着苍蓝的天空
孤独而落寞
在夕阳的斜照中
透着一种深灰的色调
仿佛静守着一段辉煌的历史
厚重而又意味深长

在这深秋的寒意里
有怀念
有感慨
似乎还有遗憾

# 谁说雪花没有眼泪

北方高吟着冬天的强大
寒风在霜中积蓄力量
以缜密的心
将冬天的茂盛写成一本书
用眼泪来安排命运

一场不经意的温柔
是雨幻化为雪的感动
是雪落成雨的从容

像玉一样干净
像风一样柔软
烟一般轻
却把过去的种种掩埋

# 冬

当最后一片叶子落下
不知不觉中你已走来
狰狞的北风吹瘦了草木
吹瘦了田野

记忆中冬天是属于雪花
漫天飞舞着浪漫的洁白
漫上窗棂
漫上街区

小雪的节气
少了一分落雪的唯美
多了一分期待

说雪花是上天的眼泪
耗尽自己的一生
只是为了寻找另一个自己

隐藏于纯粹的世界

或尘封，或纪念
都是一段美好

# 七一，永远的火红

历史的硝烟
掩盖不住世纪的风雨
九十九年的泥泞跋涉
九十九年的讴歌真情
无数的先驱
将一片血色烂漫
撒向大地

千年的文化承载着
黯淡与辉煌
幻灭与再生
永恒不朽的豪情经脉
贯穿整个中华大地

血雨腥风的你
苦难岁月的你
与我们风雨同肩
汗血征程
见证书写着

一个个奇迹

强大的祖国
如我身后光芒万丈的太阳
照亮着河川大地

我如一棵小草
为了祖国的春天
也会奉献出生命的绿色
捧着青春的尾巴
做时代的砥柱
演绎出灿烂的精彩

七月，是一串的火红
永远的火红
我将用一颗赤诚之心
欢庆党的诞生
拥抱这个伟大的时代

第三辑

# 远去的炊烟

**YUANQUDECHUIYAN**

# 乡村的俘虏

农田，民居，古树
我们驻足，留恋
婚丧嫁娶的热闹和悲伤
添丁加口的期盼和担忧
串门走亲的互动和亲情
围炉，围炕
吃饭和劳作
乡村的烟火味
灵动着故土的风韵
都市却演绎着经历着
生存的残酷金钱的诱惑
乡村给我营造了各种幻想
收获着各种满足
家族的烙印
成长的经历
晴耕雨读的朴素
粗犷，厚重平实的表达
刺激了心里各种欲望
我成了乡村的俘虏
并且是心甘情愿地被俘虏着

# 乡 愁

午后的风翻起书页
我独守着阳台
看着窗外的那片云
仔细地酿着一壶闲愁

在每一个落雨的日子
我都独自撑伞
一朵花
可以照见我纯情的笑脸
一朵云
也能搭载我天马行空的憧憬

儿时的光阴很长
一抹流年的倒影
便塞满了整个童年
飘忽的世事
浓浓的乡愁

那时的我，有快乐有忧愁
有憧憬，也有远方

# 远去的炊烟

高高的柴火垛
被整齐地排列着
露出泛青的外皮
灶膛里跳跃的火苗
也在吱吱流泪
一缕缕炊烟
或急或缓
或浓或淡
摇摇晃晃飘绕着
说火焰是柴的升华
炊烟就是柴火的灵魂
飞速的车轮推动着社会的进步
黑黑的烟囱
土黄的灶台
已被厨房革命
几千年的炊烟也渐渐消失在
村庄的上空
精美的灶具虽然美丽
但我心中依然是你袅袅升起的记忆

# 等风来，等花开

农家的小院里
晾晒着恍如昨天的故事
奶奶的篱笆上缀满杂草野花
院墙下的青苔
都像是落入了时光的尘埃

在记忆的最深处
我总会在村口大槐树下
等风来
等花开

在风霜的消磨里
在失意的宿醉后
才发现自己
已经走失在人海
既找不着归途
也看不到远方

# 一把蒲扇

一把布条裹边的蒲扇里
藏着一个个儿时的记忆
爱的细节

我和小伙伴奔跑着
追逐着
欢笑声惊飞了树上的鸟雀
吓跑了河里的鱼虾

一个矮脚的板凳
一缸清凉的井水
一碗爽口的凉面
在酷热的夏天格外清凉

月光如纱衣一样包裹着村庄
静谧安详
困了，倦了
奶奶身边的竹床上
蜷缩着半裸的身体

瞅着漫天的繁星
听着奶奶老掉牙的故事
摇来的清风
在睡意中感受着舒缓

一把蒲扇摇夏
摇灭了心里的暑热
摇跑了入侵的蚊虫

摇走了岁月
摇到了无私的呵护
瞬间那个画面
蜕变成岁月里最美的油画

# 石碾子

村口那尊石碾子
几十年如一日的
坚硬，光滑
默默留守在故乡的土地

夕阳西下时
为乡亲提供着
最佳的座椅
聊以小息
慢拉着家常

你曾经也风华正茂
在打谷场上溜光闪亮地滚转
挤压着穗子里的麦粒

一圈又一圈地
滚转着庄户人的喜悦
滚转着新米面的芳香
滚转着自己的人生

憧憬着生活的未来

永不疲惫的“吱吱”声
宛如一支乡间独奏
在嘻哈的笑语中夹杂着
融汇成了一支美妙的交响曲
环绕着我的梦里乡情

## 老油灯

冬天的夜很深很长
仿制的蜡烛火苗
温柔地绽开了光晕
融化着我尘封的记忆
那盏黑黢黢的油灯
在着急地等待着黑夜降临

火苗在刺鼻的硫磺味中
跳跃了出来
瘦小的火柴棍在奶奶手里
左右摩擦着灯芯
火苗跳跃着飞舞，吟唱
浓浓的煤油味
使那个寒冷的夜
又增加了十分温暖

讲述了很多遍的“狼外婆”
依然会让我在奶奶清嗓子时
紧紧抱住她的胳膊

那张布满皱纹的脸上
就会映出一朵美丽的花

唯一的那一点光
把奶奶的背影映在了墙上
一直给幼小的我阻挡着黑夜
土炕上越来越温热的身体
伴着奶奶的哼唱
幻化出了很多小伙伴
奔跑着
追逐着

我曾留恋于歌舞不息的霓虹
曾沉浸于城市的灯红酒绿
但最美最温暖的
依然是那盏炕沿边的老油灯

# 场　畔

翻地，泼水，撒麦糠
石头碾子在人力的推动下
来回地翻滚
碾压着厚重的土地
宛如沥青铺设的路面
平整，光滑
迎接着村上老一辈的检阅
大爷们指导着，比画着
脸上洋溢着丰收在望的喜悦

遥远的年代
麦芒扎刺着手腕
红肿着，酸爽着
收割，运送，碾场
父辈们凭借自身的力气
借助于自然的风力
完成麦子的脱粒
太阳的直射下
翻晒着如珍珠般的麦粒

今天的麦收
高科技早已取代了人力
麦地少了，场畔没有了
少了麦收的流程
少了汗流浃背的痛快
少了饥不择食的吞咽
少了太阳灼烧的刺痛
少了好多好多

甚是怀念
麦秸垛里游戏嚷跺的欢乐
怀念着场畔幕天幕地的星空
怀念着爷爷的臂弯
怀念着那个考取中专
身着雪白衬衣的
邻家哥哥……

# 木梳匣子

想你，整洁溜光的炕沿
黎明前呼唤上学的音域
想你，慈祥和蔼的微笑
雨天在学校门口撑伞的身影
想你，早上的第一碗玉米粥

想你夜晚的叨念
冬夜被你捂热的双脚
暖暖的余热一直充溢着心底
想你，在我披上婚纱时的不舍
在我怀孕时的担忧

想你在那边可好
腿可还疼
想你在想我吗
世间最幸福最温情的
就是和你一起走过
婆孙的陪伴

月亮很圆很亮……

炕头的木梳匣子溢满了爱的抚摸

想你的心，很痛很痛

# 守望者

五月初的麦田
墨绿，墨绿
留守乡村的老人
布满褶皱黑红的脸庞
半偻的身体
扶着深插泥土的铁锨
烟袋锅来回在腰间摆动
低头望着青绿的麦穗
抬头仰望一下蓝天的白云
喘息着城市里没有的新鲜
水流浸透着麦叶麦穗和麦秆
如一排排战士随风摇摆
偶尔缠绕在麦穗上的打碗花
也会引来
蝴蝶的翩翩起舞
五月的麦田
绿得如此坚定，美丽
曾经疯跑的孩子
此时只能永远守望着
对你的依恋

# 拾穗者

在那个远去不复的夏
天，湛蓝，湛蓝
云推着时空的轮椅
缓缓移动
麦茬整齐锋利地
切割着天与地的距离
大地热气弥漫
热浪席卷着汗水
灼烧着潮红的脸颊
麦穗的芒刺
扎得大地呼呼冒着血气
弯着驼背的腰
一次次，捡拾着土地的能量
一遍遍，捡拾着苦难的欢愉

一颗颗，捡拾着希望的未来
一粒粒，捡拾着梦里的珍珠
贫穷捡拾着尊严

金灿灿的黄，月高风热的夜
遗落在麦田里的麦穗
是那么的锋芒毕露

# 萤火虫

夏的夜空
槐花的香味占据着乡村的梦魇
萤火虫的童谣从柴火香里飘出
召唤构架着一团团暖光
似灯笼，闪烁
柔媚肆意地飞舞
一只追逐着一只
一闪一闪，结伙搭伴
飞进门前的树丛
钻进麦田藤蔓的深处

萤火，微弱
不及阳光炙热，月色温柔
却也竭尽发出属于自己的光芒
浩瀚无垠的天空里
敢与星月同辉
遥远的夜空下
点燃着贫寒的梦想
用萤火的微光

照亮着夜行的我

远方，虽未知
却用生命去发光
如萤火的灯花星火
璀璨星空……

# 盛夏的银杏

灵秀，庄重是它矛盾与和谐的特色
碧绿精致的裙叶挂满了茁壮的枝干
柔细而缜密
显现出一种统一的庄严与深沉
风一吹，颇有海棠的韵致
多姿，婀娜

最是秋天那一地奶黄
明而不亮，鲜而不艳
那么内敛，干净
听风吹过
叶片发出细碎而温柔的声音
耳躲不开，闪不过地沉醉于其中

在炙热而烦躁的夏日
在遮蔽的阴凉中
心中不由升起无限的清凉
天地瞬间变得纯粹，宁静

千百万年顽强坚韧
不遗余力地生存着
民谣谚语中凸显着长寿与吉祥
浩荡的岁月里演变成一种精神图腾
成为我们炎黄子孙虔诚膜拜的对象

可食可用
任你蒸煮都义无反顾
多像我们中华儿女的仁爱善良
一身的古意，长满了文化

收回长长的思绪
盛夏的银杏
无端增添了几分人文与内涵
让这个夏天更加美丽动人

# 暖　阳

立秋后的第一缕阳光
在指缝中四散
落到发霉阴暗的角落
重新铺洒着阳光的味道
我感受着秋风的凉爽
小草的幽香

秋天的阳光不张扬
赤裸裸地直射着大地
任由光照肆意挥洒
只想尽快把夏的余热消磨
以低调的姿态迎接下一个季节

偶尔长在田间的一棵柿子树
很突兀，却很有画面
透过尚绿的田野
一树金灿灿的红
恍惚中，感受着美
却词穷得无法表达

此刻你只需眯起眼睛
接受刺眼的阳光
在燥热中回望蓝天
以获得片刻宁静与清凉

不需要渲染，无须夸张
满眼都是明媚
处处都是温馨

# 炊烟又起

有炊烟的地方
就有牵挂
炊烟上，是念想
炊烟中，是真情
炊烟是母亲手中的一根线
无论走多远
它都是心底的暖
人间最普通的生活
触动着心底的情感
农家小院的清晨里
煮熟的玉米粥里
飘着浓浓的爱
油饼的香味
把世间所有的美味都已遮盖
此刻的小院
描绘着温暖和感动

# 樱桃红了

装满樱桃的筐子里
溢出了情深
盛满了生活的酸甜
黝黑的脸庞，粗大的双手
举起了一树繁花锦簇
太阳的温度退去了
城市的儒雅

满园的玛瑙浆果
比拟了霓虹灯的闪烁
翻耕，修剪
结交了四海的客朋

布谷鸟叫了
麦子黄了，樱桃就红了
满天眨眼的繁星
笑了……
新生代的农场主
又该换装了

# 落　寞

红柿与雪的结合如一团火烧的云
在寂寞的荒野证明着自己的存在
用自己极限挑战荒野的寂寒与孤独
人人都爱梅，因梅在冬雪中傲立

在不长心的年纪无不动心地欣赏着
雪压红柿的“诗意”
无人采摘的果实在风雨中落入尘土
滋养着蔓延的野草

雪压红柿的严冬便成了柿树
一年一次的狂欢
一树的繁华却盼不到归家的人
只有在寂寞中暗自神伤
兀自惆怅

# 晒　秋

九月的阳光
像是糅进了明艳的色调
暖暖的红
金灿灿的黄

说秋是晾晒的季节
豆角茄子也趁着大好的秋色
晒出专属于自己的秋色

一串串火红鲜亮的辣椒
挂晒在阳光下
瞬间就有了家的温度

在寒冷和寂寞的时令里
消散在我的厨房，舌尖
胃肠里

借着秋的喜悦
继续努力地生活

哪怕枯燥如昨
单调如昨

九月的天空
也曾留下一些印痕
虽轻浅，但着实存在过

在白昼对等的时日里
领略着秋的韵味
捕捉着秋日的美好

## 乡村蜜月

一个沉寂了三百多天的村落
用它最朴素、最真挚的情感
吟唱着忙碌、火红的喜庆

炉灶上升腾的蒸汽
把年的味道烹煮
把幸福甜蜜加速酿造

屋檐下的油饼包子炸带鱼
正在眨着眯缝的眼角
望着返乡的你们

迎春花扭动着腰肢
来回地张望
仿佛一夜之间
冬就已从树枝落下

春天的芽已发在窗外
走东窜西地问个好
热闹，喧腾
瞬间穿透了整个村庄

# 味　觉

灶膛里，干栗的枯枝爆裂着
不熄的星火点燃着四季
与锅底缠绵着拥抱
煮沸农家的日子
为乡亲的饱嗝不断充值

锅铲点击着锅碗瓢盆
柴米油盐酱醋的六个基调
谱写着一个家族的百年

在外的游子
蘸着烟熏刻录的胎记
陈酿着
打捞出记忆中的青瓦

## 清明，桃花

祖先留下的一个时节
几乎所有的坟茔
都点上了一炷清香
闪烁的烛光层次分明
无助地膜拜着尘世的烟火

只有今天我才走近你的土地
桃花也神情错乱地
搅动着四月的宁静
语无伦次地诅咒着春日的阳光
让雨丝斜织着忧伤

我与你的墓碑相互凝视着
手中的冥币在寒风中战栗
泪水在隐忍中闪烁
此刻我想把尘世的烦闷
都溺于无声的尘土

# 狗尾巴草

狂放不羁，率性到田间
粗野，茂盛但不张扬
野生，野长于山间旷野
世代繁衍着平凡

小姑娘戏耍着
一根根地抽拔
如在拨弹一个个音符
任其在手中震颤，高扬
倘若成丛，成片
也会构成一篇新的乐章

敢与庄稼比试生的速度
敢与鲜花的舞姿挑战妩媚
任凭怎样的摧残，都不甘于毁灭
坚守着自己生命的绚丽

不如草坪柔软平整
却用本真的绿点缀着夏天

用坚韧繁茂撕裂着平庸
诠释着生命的内涵
歌唱着夏天的浓烈

# 又是一年柿子红

核桃树的叶子
偶尔会在秋风里甩几下
像一个秃头的男人
稀拉地留着倾斜的几片
企图遮掩路人的注目

远处的山脉
色彩对比清晰明了
在短短几天就达到了饱和
即使生命的最后时刻
也绽放着自己最美的风采

春花秋月夏雨冬雪
一年一年地轮回着
一片萧瑟单调的山脉
好似被抽离了灵魂

青绿的柿树
散发着一脸无奈

微凉的寒意
使它落下了肥美的叶片
金黄色的纹理
彰显着生命的静美和厚重

迟钝的果实从青涩到火红
挂满了光秃的枝头
农家院的门前屋后
灯笼一般映衬着
喜庆的温暖

在微寒的夜里
降下来的温度
似乎让月光更加泛白

# 杏　花

在三月
曾和桃花有过约定
不想自己先斩断了冬的萧瑟
捎走了彻骨的严寒

在春日里绽放着艳丽
享受着一地的温暖
修饰着初春的色调
装饰着唐诗宋词

伸出墙外的枝条
随风恍惚飘落
一会儿轻盈
一会儿沉重
不时地向春天发出呐喊

你的生命如此短暂
却依然装扮着靓丽的春光
虽然只有一抹淡红

却独领着春的风情

你知道
有多少人为你徜徉流连
有多少人被你醉倒
有多少人为你销魂

我不知道
还有谁比你更早与春相拥
你含羞的面容
把爱肆意地扩张
那满树的芬芳
溢满在山谷大地
与春天深情拥抱

# 冬至，回家

是节气，是节日
更是春萌
最短的日子里
有着最长的相思

饺子的味道
也更加的浓烈
萝卜大肉，韭菜鸡蛋
香气盈盈
简单纯粹的日子
烟火腾腾

不管饺子还是汤圆
都包着岁月的流光
煮着浓浓的亲情
调味着生活的酸甜
慰藉着舌尖
回忆着生命里最绵长的味道

总以为过去了就会遗忘
可脑海残存的记忆
却越来越清晰
家的味道最好
冬至，回家

# 待　春

在冬的转弯处
我在等
等那春的清香
等那枯草中的金黄

冬雪剪去了我的裙带
霜雾斑驳着秃无的枝干
几只家雀欢叫着
打探着，捕捉着
春的气息

暖阳从我的肢体散开
瞬间蔓延至我的灵魂
悄悄告诉我
寒冬已走

# 过腊八

不仅是一个节
也是一个结
一种期待
一种念想
更是年味的开启

大寒的日子
一勺，一碗
品出最暖的情愫

五谷欢庆着丰登
一起熬煮生活的
酸甜苦涩

# 第四辑

# 微笑着善良

# WEIXIAOZHESHANLIANG

# 农民工

沐浴在阳光下的楼群
高高耸立着
电击声、鸣笛声
开启着大合唱的前奏
响彻都市每一个角落

木屑、灰尘弥漫着双眼
穿梭转换于各个工地
满身污垢的外衣
显得那么贴身
豪爽的笑声穿透了装着白米饭的碗

霓虹灯闪烁着耀眼的光
东西南北的腔调
融化成一支独特的旋律
大众浴池里烟雾弥漫
被几个分贝噼啪的水流声压低了
赤条条的肉体
分不清乡下人和城里人

宽厚布满茧子的双手
用力地搓擦着
深藏的污垢

露天的舞池里
渗出细汗的额头
被闪烁的霓虹灯照得透亮
蹦跳的双脚
认真吃力地踩着都市人的节奏
尽情展示着瞬间的自信
天空和夜色
被合声淹没
高声部、低声部起伏跌宕
此刻一切是那么和谐自然

# 一只蜗牛

训斥、责备、谩骂
催促，吓唬，甚至想踩他
蜗牛流泪了
昂起长长的触角
歉意茫然的眼神望着我
我拉他，扯他，推着他
蜗牛流着汗，喘着气
总是挪那么一小步
疯狂，愤怒，失去耐心的我
无奈地放慢了脚步

球场上疯狂奔跑的身影
一幅漂亮的水彩画映入眼帘
当美食被端上餐桌的瞬间
我看到了生命最美的一刻
孩提时代的懵懂
心灵和视角
陪着你慢慢体验生活的

酸甜苦辣，静静地听听鸟鸣
闻闻花香，原来夜里的风这么温柔
满天的星光那么闪亮

# 空　巢

高端的社区，豪华的装修
宽敞舒适的三居
一只摇椅在洒满阳光的露台上
慢慢地晃动着

嘀嗒的钟表漠然地望着紧闭的楼门
时尚漂亮的电话小姐
默默地等待着她的舞曲

偶尔的一次引子
也会被她紧紧收藏揣摩
一天都在被淡然无味咀嚼着

不知道从哪天开始
美妙动听的协奏曲会准时响起
设定好的对白
超越了亲情的问候
陪伴跨越了血脉

提防和戒备早已关闭
干渴、寂寥的心灵
被暖暖地包裹着

一袋袋、一瓶瓶、一件件
食品、康复器
划减着储存一生的积蓄

在一次次的交易清零后
世界仿佛被按下暂停
寂寥又一次回归

嘴里不停地叨骂着
心里却原谅了生活的无奈
伤愈过后又急切地盼望着

协奏曲美妙旋律响起
期盼着冰冷的三居
重新回荡喧闹，烟火

# 微笑着善良

夏的阴雨
退去了阳光炙热
挽着季节的臂弯
携着清凉走来
窗外的雨暂停了

清寂和静美
掩盖了车水马龙的喧嚣
惦念的感觉瞬间蔓延了全身
心，疼痛的感觉便多了十分

爱情在时光里发酵
酝酿成了烟火
通透，清心
在繁琐的光阴中
寡淡着日常

隔着字，有相通的灵魂
说我自己的故事

把世间所有的伤痛
扔进开水里煮蒸

对着尘世的薄凉
嘴角依然能嫣然一笑
舞动出清风朗月般的轻盈
深情而执着地
揪扯着世俗的琐事

我只会把世间的琐碎串成文字
在自己的世界天马行空
热爱着自己的喜好
在季节的最深处
用善良的微笑
来取悦这薄凉的人世

# 菊

为何我的绽放如此孤独
摇摆的花瓣忍受着寒冷的挑战
当树叶散落一地
树枝枯萎
狂风暴雨中我才苏醒

阳光，雨露
会邀请每一片叶子
每一朵花儿
为何我没有收到过请帖

我也能感受春的召唤
夏的炙热
只是当时没有在意
在欣赏美的季节里
来得太迟

# 艾　香

五月的风
摇曳着泛白的银绿
鲜嫩
沁着苦香
带有花纹的叶片
曝晒于端午的骄阳下

人性的欲望
虔诚地
挂满了百虫的哀鸣
一缕缕细烟
如一个个灵魂
飘浮着
守护着梦里的歌谣

# 丑　橘

让丑陋的外衣紧紧地裹住自己
勇敢地与春天的美艳相伴
丑陋着自己的丑陋
剥开畸形的艳丽的时装
你好像把世间
所有恋人的甜蜜都化成了糖水
把一个个心瓣吸附得丰满圆润
把高浓度的甜蜜滋给世人和春天

# 酒

高粱，葡萄
破解着自己的肉体
一个个分子、分母
相互渗透抚摸
高温桑拿的蒸煮
升腾出滴滴甘露

出浴的每一杯
每一滴
都透着浓厚的醇香
或高雅浪漫
或风情婉约
可孤独寂寞
也可排闷解忧

你很乡土
又很田园
在贫困与富裕间
扮演替换着各种角色

# 青　苔

依附着石头，被踩在脚下
看似卑微
似有似无地生长
低调，随意
在森林旷野老屋里蔓延
与参天的古树
斑驳的阳光相互交错
心灵的绿毯拨开了黑暗
天然的丘壑尽是绿意
如另一个天地，另一种意境
另一种壮观和震撼

# 干　墨

黑得令人窒息
黑得恐怖
加点水
你是世间最美的颜色
墨色的山水
苍茫迷人
墨色的云海
烟雾缭绕
浓淡中，感知着生命
写意着千年的迷离丹青
淡白的宣纸，透着生命的平凡
斑驳的毛毡
绽开韵味的书香

# 巢

衔一根草，一根枯枝
搭建一个爱的小窝
无法比拟
钢筋水泥的牢固
玻璃木屋的时尚
丝绸床品的舒适
却在点点繁星下
紧紧相依
喃喃缠绵

# 蝉

初夏的雨夜
泥土被渗得透湿
褐色的硬壳涌出了地面
咬着牙拼命把自己剥离出来
隐忍着脊背的炸裂
完成最后的蜕变
不想失败地将尸体挂在树干
把耻辱钉在狼狈上

逃出来
用力歌唱，呐喊
倾吐着苦难和悲欢
尽管声音沙哑
也是炎炎夏日里最强的高音
是人类与自然无法忽视的存在

秋叶滑落时
发出最后的嘶鸣
抱着自己的孩子

悲凉地死去
尘归尘，土归土地
再次轮回

# 柳

吐翠，扬絮
完成在两个温度的使命

佝偻，低弯的腰身
向世人用力摇摆着
老枝新叶
粗壮的脊梁
支撑着整个春天的旋律
洁白的花絮踩着春的音符
四处寻觅自己的世界

# 莲

晶莹透亮、清幽
诉说着无尽的禅意
在瞬间的娟秀中
定格一世安宁
在流年里
读懂烟火、红尘
泛白的花苞
在一抹温柔里
彰显满满的深情
在一波荡漾间
独傲、寂寞和淡薄
用自己的娇柔
抚慰世人的心灵
孤独中
听尽一片梵音佛语
期盼一世静好

# 文　字

整齐泛黄地排列
静默优雅地等待
孤芳自赏，浸润着雪与泪
一横，一竖，一撇，一捺
一个小方块，跳跃着组合
一篇篇
或激昂或优美
构筑着世界五千年
我想做你一辈子的恋人
天黑、天亮
灯闪灯灭中和你相拥
欣喜、心跳、痛苦
陪你度过每一个瞬间

# 茶

上下翻滚、沉浮
被沸水冲沏、洗礼
醇厚的香气
瞬间溢满整个空间
浮生如你
生命如没有沉浮的洗礼
难以弥散生命的清香
或许，本是高级的智者
都在看似一帆风顺中
香气尽泯

# 落　叶

面色枯萎、干黄
一阵风刮来
凄厉的鸟鸣声中
飘摇悬浮着身体
一点点向下滑落
满是雀斑的面颊
隐隐透着一丝丝绿意
柔情地与泥土相互依偎
饥渴交融地侵蚀着对方的身体
发酵的激情合力孕育
一个新的生命

## 黎明与黄昏

黎明与黄昏
照亮世界的阴影与黑暗
热与冷，交替转换
它们都想看一眼彼此
从初春撑到夏末
极力缩短黑夜
使尽全力，还是没见到彼此

冬至
疲惫的心，松懈了

缩短的距离又开始拉长
它们惊人的相似
却无法走进彼此的世界
无法跨越那个隔着的黑夜

# 香　客

青灯、素衣
寂静庄严的庙宇
跪拜着一个个浓妆、墨镜
虔诚地把头颅深深埋在胸前
了却着红尘中的风雨情话
额头前紧合的双手
掩盖着手心里的血污
嘴里喃喃不停
说给佛听
在木鱼的声声敲打下
来冲洗
心灵深处的污垢
当香火缭绕弥香渐渐散去
一个转身
又回到了滚滚凡尘中

# 听　雪

世间所有的美都有定数
在听雪的刹那，心里会开出一朵清幽的莲
寂寞，淡薄也黯然

在冬天敲门的那一刻
蹁跹而至的小雪
像拨动了冬的琴键
在萧瑟素白的世界里
谱写着凡尘的音符

仰头摘下成熟的柿子
踢走脚边的落叶
漫天飞舞着冬的精灵
飞吻着舞动的雪花
未能铺天盖地，却已声情并茂

几笔的山寒水瘦
便勾勒出一个水墨天色

雪花扮演着主角
在来回穿梭里浅唱低吟
当我回眸时，发现身旁早已泛白

# 清　明

四月的天，哀婉、沉重
幽静、凄凉，一座座坟茔
醒目刺眼，一个个墓碑
冰凉刺骨

相隔多少生离死别
又相隔了多少，天上人间
人们世代繁衍
岁月变迁
诉说着时光荏苒
沧海桑田
如果思念，就让我们梦里相见
纸灰左右盘桓
飞起又缓缓落下
元宝、冥币燃不尽
烧不完，一声声悲情的呼唤
是否听到，那双婆娑的泪眼
可否看到，坟茔旁的树枝上

鸟儿在切切呜咽
是否你也感知到了
我锥心悱恻的思念

# 夹在书里面的名片

一个订单
一个包裹
一本泛黄的存书
年轮的诗章
揭开久远的创伤
干瘪，豁了牙的嘴巴
笑出了善良的灵魂
一个小脚老大娘捧起了一盏灯
照亮了一个诗人的前程
虽然她连自己的名字都没有
几个页码的翻动
滑落出一张名片和签名
那么熟悉又陌生
又是那么的遥不可及
兴奋地紧紧握在手里
窗外的阳光那么明亮
飘浮的心灵终于找到了方向

# 女人花

每一年的三月
每一年的今天
你都从春的深处走来
青衣素颜千娇百媚

在生命的骨骼里
支撑着轮回的脊梁
一边勾勒着自己的蓝图
一边承担着繁衍的重担

母爱的散发
折射了春的光照
让冰雾不再落幕
让爱不断传递

三月里走来的女子
仿佛是盛开的玫瑰
摇曳在世界的每一个角落
捧着海水般的智慧

一代一代地困惑着
传颂着，推动着
不矫揉造作
不风骚娇艳
没有诱人的甜腻
没有缤纷的持久
在苦涩中隐含着清香

拈一朵在手
插一束在心间
衣衫上便沾染了清香
悠悠地吟哦一首情歌
瞬间就醉在了你的身旁

# 推开春的大门

我如一只小鸟
飞过了灰白单调的萧瑟
闯入了一片鸟语花香的森林

我的翅膀并未晃动
两枝垂柳却摆着手臂
瞬间将我紧紧拥抱

这个春天很烦乱
疲惫地从喧闹挺进了
沸腾的原野

在百花嵌满的春色里
蜜蜂以主人身份徜徉在花蕊中
从花瓣的空隙呼出了胸中的郁闷

几只欢快的鸟叫
振动着我青春的灵魂
在它们的争鸣和跳跃中
我推开了春的大门

# 新年，你好

站在岁末的门槛
回望着昨日的伤痛
脸颊的汗水与压痕
让风都在呜咽

我不断地被感动
感谢祖国的强大
让苦难不在，让经济复苏

在煎熬中懂得了平淡的珍贵
在泪水中学会了坚强
以龙为图腾的国度
正舞动在世界的前方

总有一些铭记的片段
使我懂得笑容是唯一
不需要被翻译的语言

当新年的灯笼被高高挂起
有一朵温馨的花，开在了烛光里
祈盼着百姓安居，祖国富强

# 雪的高度

没有寒风肆虐
不借灯火的牵引
只轻轻一撇
一个个孤寂的灵魂
就有了一个归宿的方向

那纯净的白
丰盈而温存
这样的景
让人与自然一起失语
雪的高度与灵魂
已然超越了冬

如沙，如粉
在凛冽的天宇中
旋转升腾着它的精魂
那一刻，我的目光悬在空中

或许我可以像雪一样
挑战一下季节的寒冷
感受一下生命的淋漓

# 年

白天追着黑夜
日子追着日子
喜庆的精灵
如跳进时光的染缸
倾倒出年的色彩
热烈而鲜艳

彩灯燃着温暖
春联流露着心声
冻红的笑脸是年的标志

年，让我们触摸亲情的滚烫
平凡的闪光，团圆的喜庆

年，蕴含着飞雪
激荡着蓝色的礼仪
也不乏绿色盈盈
播种着来年的希望

# 灯的谎言

在黑的遮掩下
存在的闹剧也会肮脏
也会撒谎

它老成豁达
只向人们倾诉着繁华耀眼
却从不提及灯下的罪恶

在黑的遮掩下
也会撒谎
也会肮脏

在夜如墨不见月时
远处或更远处的你
定会怦然心动

## 枯　荷

鸟的窝，蜂的巢
或镂空，或高扬
或低垂

苍凉着残缺守望着寒冬
守望着孤独相濡着寂寞

或折，或倒
或损或碎
岑寂凄清超凡脱尘

枯黄紫褐地埋在雪地
或浮在冰面
却也是一种韵致
一种风骨

# 除　夕

月，还在夜的那头
纵使天地滚烫它依旧冰凉
窗外的爆竹没了往年的嚣张
偶尔噼啪一声瞬间穿透了记忆

关乎某个时刻
无数颗心灵挤压着
堆积着叠加着共同期待着那一刻

那一刻，每个家
每个人围坐一起
说或者不说笑或者不笑
都把期待写在脸上

那一刻，你会释然一切
街头的彩灯绚丽暖暖的光影
遮掩着城市的伤痛

喧哗的街角只留下空寂和落寞

过了今夜，又会轮转一圈
伤与痛，哭与笑

# 早春二月

季节遵循着此消彼长的规律
完成着又一轮的交替
车轮在飞速地运转
空白处有了长长的墨色

我起笔描绘二月的早春
窗前，阳光依旧热烈
坚硬的泥土也变得松软

带着酷寒绝境中的热情与希望
萌发着青春诱人的旋律
给身边的风景
添上了粉色的滤镜

冬末的几支蜡梅
孕育素裹着诗的苞蕾
每一朵都像一首变幻的小诗

待春花烂漫时，邂逅一个人
一场境遇，来一段机缘

# 小　年

南北方孕育着
不可调和的差异
不去纠结

穿上布满鲜花的围裙
扫去积攒的灰尘
用尽全力铲掉附着的不堪
偶尔留下的伤痕
也可粉饰一下年轮的半径

窗花点染出年的模样
火红的灯笼，彩灯
遣散着冬尾的萧条
在依旧寒冷的季节
闪动出春暖的意蕴

修剪，梳理着
枯黄旧去的日子
用干净的心灵
想去拯救变浅的年味

# 年的底色

火红的灯笼烘托勾勒着
年的底色
喜庆热情的中国红
在这临界的日子
一同欢庆，纪念着

发红包，积福
丰富着过年的滋味
复制，粘贴着
乐此不疲

吉利的祝福早已群发
那永不休止的表情
循环着，搞怪着
也炙热着……

# 诗　歌

思绪在天马行空中飘飞
透过表面的混乱直击心灵
从语言中伸出一双手
和你紧紧相拥

心灵的触角不停地在颤动
翻滚搅动着鲜红的血液
或激荡
或深思

在灵魂的褶皱处
把情感高度凝练成语言
给自己或你们
带来拍案叫绝或泪流长叹的共鸣

# 初春的静默者

银杏卸去了秋日的拉风
光秃着枝与干
在春风里
一动不动

秋日的傲娇灿烂
不知谋杀了多少镜头
迷惑了多少双眼球
迷醉了多少恋人的心绪

近旁的梧桐也一并高大
光秃地挺立着
状若佛手的空灵

在芬芳的春日里
唯有它们
似乎在酝酿着一场春的盛事

耳机里循环着春的旋律

独自踽踽街头
风轻柔着

我的影子
又一次和街头的梧桐重合交叠
写意的画笔

一路走
一路写
一路美

# 正月十五，汤圆甜

灯笼一串连成了一片
将黑夜点燃
滚动的皎月
是留在人间最美的烟火

一碗的斑斓
杂糅着丰富的色彩
满足着众人的眼眸
触碰着那心底的憨甜

花灯旖旎变换着
仰望星空上的烟花
一朵一朵地叠加着
瞬间盛开
也簇拥着怒放的浪漫

璀璨不断地升腾，炸裂
酒那么苦涩却很撩人
灯下的笑颜那么美

偶尔也需要一点眼泪点缀

斩去所有浮躁，恩怨
去奔赴燃烧的黑夜
挖一勺让甜蜜入口
咽下去让幸福入心

第五辑

# 麦子黄了

# MAIZIHUANGLE

# 围裙里的诗歌

面条和米饭，交替地变换着
纤细与圆润
牛排，沙拉

展示着各自的
高冷与美艳
红烧的，清蒸的鲈鱼

一个火辣强劲
一个清纯楚楚
围裙下的阳光
变幻着绚丽

把一寸寸的烟火挂上月梢
透过橱窗撒向人间
围裙上也沾满了诗和远方

# 寒　凉

风，依旧在吹
雨不时地下着
风过，雁声已远去
雨停，尘埃也已落定
仅仅一个瞬间
便覆盖了秋的轮廓

在秋的寒意里
自己的心却如此这般的静
看着月光下模糊的倒影
安静沉默也惆怅
或许，这才是秋

月与云烟相依着
衬着万籁的静
苍凉而皎洁
在天地洒下
一片朦胧的墨色
思绪渐凉着飘向远方

雨迷离得如风一样
时而悠远深沉

时而明快粗犷

惆怅的空气清新湿润
已有了深秋的味道
随性的秋风如诗词曲赋
让人心生涟漪

偶尔肆意如一匹野马
一路狂飙
所到之处满是凄凉

枫叶浅淡的静美
似有情愁几许
却未陷入萧瑟之态
有叶飘落
姿态也是沉静安详

松树映衬着苍蓝的天空
孤独而落寞
在夕阳的斜照中
透着一种深灰的色调

仿佛静守着一段辉煌的历史
厚重而又意味深长
在这深秋的寒意里

有怀念
有感慨
似乎还有遗憾

# 初冬，您好

当银杏叶把最后的那一抹黄
留给斜阳
我知道深秋已远走

望着湛蓝的天空
我听到了冬的脚步

站在秋冬的路口
想着只要心中有爱
冬天的皑皑白雪
也应是暖意融融

怀揣着梦想
残阳余晖也是动人
在暖暖的阳光下

和深秋道声再见
向初冬问声好

# 古　槐

空灵，悠远的乡村
如千年老叟的目光
深邃，温情，豪迈
粗粝，苍劲的四肢

翘首企盼着归家的孩子
脚下荫凉厚重的碾子
溜光，平滑

承载了千年儿时的欢声
你扬起的衣袖为乡亲们
避雨遮阳

你的身体强健地支撑着
地上唠嗑打盹的壮汉
你宽厚的肩膀茂密的发丝

为大家撑起了一个自发的餐厅
时而大笑，时而叹息

闲暇唠嗑的手上
还趿拉着男人的大鞋底
温情脉脉如一幅美丽的乡村油画

它已是一个时代的烙印
是在外游子的思乡情怀
也是乡村的文化图腾

# 麦香在雨中发酵

泛黄的麦浪，突然在黄昏变得明亮
一支支麦穗，和它们利箭一样的芒刺
鲜黄着天地的色彩

在雨落中
两只灰雀在纤细的麦秆上跳动，呢喃
震落的雨滴，在一片金黄之上
呈现丰盈的生命

现在我想唱一首丰收的歌
词语已精化选择，组成
在一片麦芒的坚挺上，酝酿

雀儿，快飞走
沉重的麦穗已撑不起你们的爱情
虽然你们脸上映着天然幸福的光芒

麦香在雨珠的坠落下，让人屏声息气
在雨中隐伏发酵着
翘望等待着……

# 镰刀·背影

我想赞美一下麦黄的时节
展望一下六月漫长的白昼
满地的野草莓，挂满枝头的桑葚果
还有那井然有序长满沟渠的爬地草

你见过紧裹在麦秆上的打碗花吗
正和麦芒一齐奋力向着蓝天
无尽地拥抱烈火般的日光

我有一种强烈的思念
用一种儿时的场景，不停在脑海里搜寻
那一片的麦浪

黎明时困顿的双眼，看着

地平躺在云里，影影绰绰的麦浪，沙沙
金黄，镰刀，记忆用目光跟随着我

你们佝偻着大于 90 度的腰背

与一片的，土黄的背景，融为一体
那时，就连你们的呼吸也充满了芒刺

挥舞的镰刀及血一样的划痕
似在整个记忆的公式里
显像成了一个固有的背景

# 忆端午

奶奶清瘦的手指
快速地翻飞
红白的丝线区别地缠绕着

甜蜜与牵挂
艾叶包裹着米香
溢满了小院

雄黄酒的浓烈
熏跳出了一个万人
朝拜的节日

七色的丝线
搓着长长的祝福
绣花的香包
透出低调的华丽
想你的泪珠挂在
绿色艾叶上
晶莹，透亮

# 奶　奶

清明的细雨绵绵
把我的思恋在心里织成了一张网
你慈祥的笑脸
锁住了我心底最深的依恋

我昂头打开手心
想接住漫天的雨滴
把我一千个心愿融进

洒向油菜的花香
洒向春天的绿茵

我揣着湿透的心情
又一次来到你们的坟茔
决堤的泪水和着纸灰
一起在旋转飘舞

只想为你们在那边换来
足够的安居

一朵朵桃花摇曳着
如一个个在哭泣的魂灵
点缀着春日里凄凉
哀伤的风景

# 立夏的雨

又是一场大雨
雷鸣携着大风
伴着闪电炫舞
尽情直泻着激烈

春去了
油菜花也已谢
麦苗节节拔高着
整冬整春地等待
那个情感释怀的季节

果农忙碌梳理着果花
此刻所有绿色都变得厚重
在每个阳光的缝隙里
都透着一双双期待的眼睛

迎着晨曦，追着太阳
把夏的浓度挥霍
把枯竭的青春燃烧

深呼快吸着，淡淡的浓郁

感慨的云
告别了春的诱惑
不留痕迹地漂移着

蜂蝶忙碌着新的眷恋
蝉鸣，虫叫着狂欢
一切都醉倒在夏的激流

# 母　亲

母亲，油香总在舌尖跳舞
味蕾随思绪飘出一丝油香
满是褶皱的包子，和你的笑容交织着
挂在梦里

岁月爬上你的额头，泛着沧桑
舌尖上的记忆，已被一缕清风
植入了心底，溶入了血液
渗入了骨髓

身体在城乡之间被分离着
农家的锅台边，弯腰添柴火的身影
犹如一幅老旧的油画

粘满面粉的双手，粗糙着鲜明
头顶的发根被色染出一道明显的
刺眼的黑白线

与乡邻厮守着空寂的村舍，儿时

钝拙的笔，写不出心里万千的话语
缕缕的情愫

总有一个瘦弱的身影，在久违的村口晃动
酸辣的汤汁总在舌尖上跳舞

# 顶　针

银褐色的指圈，密麻的沟壑
在凹凸的指骨节上
被岁月的污垢无情填埋

一次次地拉扯
缠绕着手背的压痕
抓心地疼

那肿胀变形的手指
顶着姊妹的温饱，顶着家的柱子
是家中最柔软的依偎

千层的鞋底
踩踏着整齐的针码
一行，一竖，串绕着记忆中的苦涩

## 麦子黄了

麦子黄了，在布谷鸟的鸣叫中
踮着脚尖，把麦芒伸向太阳
带着激情与土地的黄交融

一只飞来的麻雀
落在一棵晃悠麦穗上
张望着一片金黄
汗水滴入土壤后的质变里
收割的车轮碾压着土地的深厚

熟透的麦穗上
挂着一个个家的希望
我贪婪的鼻翼不忍释放
想把麦香与阳光一起
吸入心肺

那一片故乡的麦田
在钢筋水泥的挣扎里

如故乡的一轮明月，落入
顿时，心的田野
长出了一粒粒饱满的麦穗

# 今夜，又在下雨

一场突来的风
带来了又一场雨
热得发烫的酷夏
已在慢慢地隐退
一点一滴

清凉着烦躁的我
凉爽的空气
凉得透心，凉得体贴入微
凉得温存亲昵

夏是一个酿造的季节
热到极致
就会迎来一场淋漓的风雨

漫步在雨中的躯体
任凭雷鸣电闪风雨交加
空明的心灵丝毫没有撼动

只有走过风雨的沧桑
才是秋的凉爽和收获

在不经意间格外清晰
怀揣着一颗平淡的心
将美好摇曳成花香
让恬然在期许中滋生

喝一杯绿茶
品味着生活的苦涩清香
任时光悄悄地流逝

让生命慢慢地老去
今夜，又在下雨
我自由踩踏着雨落的流水
仿佛这个天地就是我自己

# 叶

我如一片树叶
春天吐绿
湿了眼，也绿了芳心

借着暖暖的阳光
愉快地生长
我不争花的娇艳
不仰慕春风的洒脱
只想青绿地活着

我欣赏过花的芬芳
心疼过花的凋零
见过云的休闲
也淋过雨的泪水

起伏凄惨的人生
淡漠的亲情，虚假的友谊
冷漠的世界

只有深情地活着
不纠结我在山坳还是原野
不讨厌麻雀叽叽喳喳

不藐视草的渺小
不纠结风的冷漠
将时光刻在心里
透过阳光青绿地活着

# 在五月

在五月
还没来得及好好享受温煦的春光
夏日已徐徐走来

在五月
给自己一个美好的开始
让过去的过去
让未来快乐到来

岁月不会辜负诚恳的每一天
芳菲的四月已离去
夏木阴阴正可人

在五月
愿你一切安好
愿你拥有一颗欣赏和真诚的心

就像春天想到百合
夏天想到蔷薇
永远保持对生活的热爱

# 一株玫瑰

【下册】

A rose plant

郑曼 著

黄河出版传媒集团
宁夏人民出版社

# 我的诗歌与远方

作为一名深爱自己故乡人和物的诗人，我用这个善良的理由把当下乡村的人和物，用写实的手法呈现出来，诗歌《隐忍的土地》发出后激起了诗友心灵的一次反应，也得到了诗坛前辈的褒奖。其实有很多次，在回到家乡踏入村口时，看着广阔的田野和破旧闭锁的屋舍，留守老妇独坐沉默的景象，在角落里打游戏的少年吼叫时，我就深深感到担忧，当听到那些熟悉又陌生的乡音，和记忆中农家特有的饮食重新拥抱时，我又感到无原则的爱意充满了整个内心，禁不住热泪涟涟……

我第一次深深感到诗人的书写仅有技巧和情感的意识是远远不够的，还得有对当下民众，民生的一种担当和责任。在《土崖缝里开出的兰花》也担忧，排挤出一些虚假庞杂表象的物质世界，留下一些纯净、美好真实的世界，也想在自己后期的诗句中把现代诗的使命和梦想呈现给广大读者，用诗句描绘出大千世界里的真善美……

——郑曼

# 目录 >> CONTENTS

## 第七辑　戏里戏外

第六辑

# 隐忍的土地

**YINRENDETUDI**

# 隐忍的土地

1

冬与夏，收获与失去着
有时我也会假装在找寻
云也会突然落在山冈
另一个自己好像已迷失
忘却却成了记忆的影子

天空依旧那么蓝
豪华的车轮飞速滚动在乡村的公路
曾经年少的轻狂跟随车载音乐一起
在心里撒欢地跳动
抖落的泥土总在记忆中扬尘

“请不要在我们步入老年后把我们丢弃
虽然我们在年轻的季节把你丢弃
头也没回”

2

村里左邻的大门用铁丝拧着
窗子也塞满了石头
曾经有过的，过去
此时，除了生锈的门栓还有野猫
一跳而过

此时车轮下的尘土飞扬
村口老妇的眼睛却泛起了光
如同我的母亲

熟悉的乡音，陌生的面孔
我不知道历史是否还会回转
但我知道，我已把它丢失

3

还是这个村庄，留守的儿童
终有一天，也会擦干净自己的鼻涕
拍掉身上的泥土
像我们一样，走失在那条乡土的公路

遮天的大槐树下，几个老人
围坐在清冷的街口，豁口的嘴巴

依旧重复着昨天的话题
继续咀嚼着嘴里的剩饭

村口的破庙，孤零零地
还是那样朴素地守护着所有的村民
清冷的香案上，留有几个被老鼠啃咬的果子
没有燃尽的香火依旧直直地矗立着

（关于我们，被裹卷在经济的大潮下
把血脉与泥土一起切断
那时我们不再热爱土地，甚至肆意挥霍
似乎我们天生就应属于钢筋水泥
用知识、技术及人脉交织着汗水与泪水
艰难地在城市扎根）

# 黑暗中的钢铁

1

在属于一个已经终结的世界
你并不承认是自己的末日
相反，你还想再生

你已成年
在自身废墟的黑暗中
血肉多少次刺伤着土地

铁板车在双脚的下面
或底下，却有着生命的脉动

铁锤每一次的敲击，都使得铁砧子震颤
你只是想在街上出现时
不是为了乞讨

你说：

当我想步入光明时，只能先去拥抱黑夜
它会使我的眼眶长出翅膀
纵然全世界的黑暗冲我袭来
它也只能让我更加闪亮

我用鸡蛋做了 100 个面包
分食给我的母亲，孩子及乡亲
虽然我们不属于一个世界

2

黑色的雨还在继续
把原本被世界丢弃的废铁
冲刷得如此铮亮
在没有记忆的田野，村镇
活出了人类的风景

弃婴在黑暗中阳光成长
母亲在黑暗中尽享天伦
有点谢顶的头颅，烙印着一整个城堡的地图

残留地触摸着炎夏和冬雨
与灵魂一起在街市游走叫卖
和拐杖如同一对恋人，一男一女
永不分手

他说他会死，就像无花果在秋天一样
干缩成一团，变得丑陋，但是很甜
叶子也会在地上干枯

光秃秃的枝干，已经指向了一个地方
就在那儿
一切又是一个新的回炉

3

美丽的乡村，喧闹的街市
一直有一扇亮灯的窗户
会为我切断一切黑暗

我有一个手握寸铁的先知，就像只有
一种颜料的孩子，在描绘我的生活
沟壑，墙壁与电线杆，有时也会对我怒吼

我的眼睛藏起了令人憧憬可爱的世界
不愿为我开启一丝光线
但在我心里却投下了我的画像和影子

我想让我的灵魂喝醉，走向高处
将全部的真诚善良展示给世界
也许上帝将以它的洪恩“附身于我”

当初把自己像一块丢出的石头
扔进田野的一口井里
只为试探井有多深，是空是满

在无尽头的碰撞中
黑暗与我一起走过最后的黑暗
终将我一生的黑暗送给
人间最美的夜晚

4

看一看他们
是的，也可以数数，他们
凡尘中的一粒尘土
不像天上的繁星，相互对视
孤独地，流落在乡野，闹市

看一看他们
穿过黑暗简陋的屋舍，看黑夜的天空
在石头中找一条回家的路

你还要什么
还是看一看他们，在黑暗的梦中
扔掉拐棍，绕着走
如果赤着双手，他们会因此而死

看一看他们
触摸，听力还有可怕的记忆
聊天交友听戏，一切都在黑暗中行进

看看他们，你要跟随才知
他们倾尽了全身的血液，但还是不够
显得像一万个疲惫的人

当星星升起，石板路上的敲击才会指向
家的方向，香甜的饭菜才会拥他入盘

# 土崖缝里开出的兰花

——“一剪兰”

1

我看到了
村口的雕塑
也看到了已成废墟的土窑

空荡荡的院落里
只有窗棂上的小纸人
还在迎风舞动着四肢

故事和文字还在土墙上挂着
豁口的笑容依然灿烂
刺眼斑驳的墙皮及她的子孙
被暴露在无情的阳光下，身无分文

他像是只有两种颜料的孩子
在噪音和寂静中继续着

黑夜与白昼

水管中的水很沉默
空水管里却有非水的哀鸣在歌唱
在“血液，汗水，泪水”中浸泡的画轴
依旧在灰暗中闪光，就像太阳和月亮

“桃儿姑”的事迹在土窑中陈列
也许那只是一个家族的永恒

2

痛苦的窑洞旁边
门窗上几个残缺泛白的窗花
孤零零地，在蜕化着最后的颜色

这是她的家
荒草已漫过窑洞的入口
屋里无数个小纸人，用力地在空中舞动
似乎还想召回此前的主人

那年，那月
你的心，在你的静脉中
玩着采血的游戏
佝偻的双膝环抱着双脚
犹如一对苦难的昨天

草生与田野，花开在你的脸颊
你说：
“只有在夜晚世界才是醒着的
昂面朝天地躺着，眼睛是睁着的”

月亮和你的脸颊轮廓很搭
但在敞开的黑夜里
欢爱的心情有多期盼

但暴风雪般的刺骨
却溢满了窑洞，过后
窑外却传来《江娃拉马梅香骑》的曲调

3

一个坐在无花果树下的女人
在烟囱的烟雾里，掩藏着神秘
炕砖紧压着她赋予孩子们的营生
一圈一圈地贴上去

她的肉体给我们展示了伟大
另一个女人却在没有尽头的世界挣扎
黑暗时刻包围着她

她需要纯粹的爱情
以一种辉煌打造起来，无须建筑师的计划

全凭自己，只有开始没有终结

一个净重只有热情的女人
带着自己纯粹“剪花娘子”附身的基因
用爱情的细胞繁殖着爱与情

苦难能把你怎样，暴力能把你怎样？
它们使你的性格像落日一样的可爱

4

一个月亮挂在左边
一个太阳挂在右边
定定地看着世界

你坐在那，热辣辣地迎着月亮
像是在祈祷，低沉而悠扬
以巨大的渴望注视着舞动的红孩

在人人都需要另一个被忘却的世界里
你用那些基础的民间卷轴
震惊了世界

但你的肉体并未融入岩石
它只是一个中介，例如车站
距离，回音以及黑暗

你用苦难和颜色做了一个天空
飞舞的鸟，思绪着
以为远离了混沌，在光明的暗流中
盲目地飞着……

你的生命以这种方式延伸，它长得很瘦
就像透明的纸，可以一下看穿的那种

虽然剪刀和复制的卷轴
被一一陈列在高雅的殿堂
但你热辣的目光，却在流泪

5

我的孩子们，你们已露出雄鹰的迹象
就像我生活的一个大胆的前缀

趁你还眨眼睛的时候，让我再吻你一次
柔柔的，像这样

在你尚未变成旷野中一棵小草时
我还是暂时抱你一小会儿

你的肝肺被整齐地包裹在躯干中
咳出的血被做了掩藏
放在了一张没有记忆的平面里

我正在背离信仰佛的路上
而你们一个个却在去相信他的路上

这也许是
我们母与子一个相遇的点
此刻是黎明，地球却在冷却

耳边响起阵阵沙哑的西北风
尘土开始把气呼进我的耳朵
一条大狗吠叫的回声
在整个山坳的窑洞前回荡

我湿漉漉的睫毛
就像因黑夜而复活的阳光
映在一片片碎玻璃上

那些本应永远开着的门
关上了
而我却打开了那被撕裂，撕碎的心脏

我剪下的红圈圈，绿圈圈
一片一片，一个一个
那是我替你们兄弟画出的成人礼
虽沾染着我的血

我的疼痛已经是祖父级了

他生出了两代，欣慰的是
孩子们已在月亮上用土块标记了
自己的名字

# 别哭，前面一定有路

这两年，我原地走了好多的路
去观察我城市的暂停与沉默

当大家喧闹时，而一座城在远处
安静地让我居住在渴望里，我跳绳
跳着久远孩提时的花式

孩子欢庆着妈妈展示的美味
此后的每一天，或者隔天
就可听见楼下的呐喊，一声接一声
平凡的人们努力地辛劳着
但我咽喉本能地抗拒着
一向都来自我的灵魂深处

当星星升起，黑夜被我张大的嘴巴吞噬
每天清晨，我像练声的歌唱家
冲着晴朗天空的蔚蓝，再一次张大嘴巴

这个夏天，我开始再度相信命运

包括所有的物种，土壤
也许还有雨后的昆虫
都在预料和科学之中存在

而我的耳朵每天都在
非虚构的恐慌中提高分贝
凝固着脸部沉重的表情

我爬上高层的塔顶
比升到高处的祈祷声还要高一点
我以手加额，揩去虚汗
但还是不够，心虚到发慌

建筑在穹窿的基础上
如果没有发出尖叫，地基就会坍塌
城市就会崩溃

我呼吸着已经燃烧过，并疼痛过的空气
思绪却有着许多合着书的静谧
一个兜里塞满了委屈与心酸
一个兜里仅存最后的一丝尊严

这个夜晚缓慢又犹豫
我用摘过口罩的手蒙上双眼
耳朵里却传来久远的喧闹

夜晚还没有结束
在每家的窗户前，亮着灯
标志着日与夜的界限

# 贝　壳

目光总是被那画不完的朋友圈
满满地遮盖着
几千个名称，不知疲倦
亮闪着诱惑的图文
属于自己宇宙的却空寂得恐怖

坚韧的心脏裹着柔美的妆容
在远久的文字中旋转
仿佛永远围绕着那一个点
在心里那个昏眩的瞬间

群发的振动无声地撩起，偷窥
你的头像又一次地侵入
通过冰冷的屏幕，静寂着
就像无人居住的心室

目光打量着久无人烟的四壁
我只能想象着，用风，用雨，用雾
用涛声来填满黑夜的深渊

我像只没有贝壳的珍珠
被海水冲在了岸边
而你却又将波涛的巨钟
牢牢地系在了我的身上

# 六月的，花朵

都说月亮是夜的陪伴
每颗星却如监督的卫士，审视着考题
在黑夜的目光下，严厉

憔悴着疲惫，一脸的茫然
继续扰着头，在我眼前

我们老是与幸运无缘
我却因它而谦卑着

月亮依旧是夜的陪伴
星星有时也会为花流泪

只要阳光可倒映在身上
就已足够

## 麦香在雨中发酵

泛黄的麦浪，突然在黄昏变得明亮
一支支麦穗的花，和它利箭一样的芒刺
鲜黄着天地的色彩，此刻正有细雨落下

在雨落中，两只灰雀在纤细的麦秆上跳动，呢喃
震落的雨滴，在一片金黄之上
呈现出丰盈的生命

现在我想唱一首丰收的歌
词语已精化选择，组成
在一片麦芒的坚挺上，酝酿

鸟儿，快飞走
沉重的麦穗已撑不起你们的爱情
虽然你们脸上映着天然幸福的光芒

麦香在雨珠的坠落下，让人屏声息气
麦浪在雨中隐伏发酵着
翘望等待着

## 风，从我窗前走过

玫瑰，在忧伤中怀抱着蓓蕾
那一刻，月光已登上天空的楼梯
经过我的窗前

风低垂着头，赤着双脚
此时，我还在翻看流星一样的对话
并把它一一摆放

我罗列着时间的轨迹
梳理着那一句曾让我怦然心动
抖落的花瓣

这个闪着蓝光的窗前
总是诱惑着我，让我想把星空当作一场婚宴
把大地当做床笫

在这幽蓝的窗前
我用一个脸颊对着黑夜
一个脸颊对着灯光，心在告别

指尖却在来回不停地触摸着发送

时针，在窗外的大漠中
来来往往的驼队，在我幽篮的窗前
抚摸着我的窗棂，我却一脸的不屑

也许 ，天下没有爱情
我总觉得有那么一天
我能够抓住属于我的那颗流星

爱的梦幻，别醒
继续幻想，爱情与诗歌
哪怕这幻想如风一样
滑过我裸露的心脏

# 灯　塔

烟雨中，我倚身窗前
把烦闷的心，撒向你星空般的眼睛

此时，我在最高的灯塔上，独处
漫延的思恋，如溺水者一般挥动臂膀
在黑暗中，向你发出红色的信号

而你的周围却只保存了黑暗
目光中不时浮现你犹豫的海岸

烟雨中，我倚身窗前
把忧伤的网，撒向那拍打涟漪的湖面

雨中啄食的鸟雀，掠过
呢喃着，如爱恋着你我的灵魂

夜幕骑着阴雨的马奔驰
把无色的雨滴散漫了整个夏日

# 盲人按摩师

看他们
用双手触摸着人生的筋骨
像梦游一样，有点滑稽而奇异

昏暗的眼珠不知该瞅向哪里
老是昂面朝天，向远方眺望

手却无比沉重地用尽力气
就此穿过无边的黑暗，在都市谋生

他们跟永恒的沉默好似兄弟
在张开放大的眼眶中
使黑暗更黑……

在黑暗中摸索着，泥水中的那个形态
那个存在痛处的躯体

醉心于欢乐的笑容
好似在向天空寻求着什么

拖着干瘪的身体，在墙根路边弯腰曲背

你们却泰然自若，穿过喧闹的都市
混沌用力地前行着
走下了一座没有扶手的阶梯

# 风雅蜀河，青石板

我在所谓的现代城市，住了好多年
那些我找寻的，吸引我的正在减少

那些仅仅只是身处其中的声音
却见天地增加都以匿名
汽笛声，嘈杂声，直播的吆喝声
因此，我的溜走是那样的井然

在古镇青石板的街头
隐约可见当年的诗人，行者与剑侠
向我的灵魂发出召唤

在酒客畅饮流连中，欢笑的光影
如同时光穿梭回到那个时代
感受着远古人侵的体感

蜀河的天街小雨，美食
都带有一个故事，回味
从舌尖到心尖，感动味蕾，触动着心灵

用绿色颜料打底的古镇
立在那儿，支起拱顶蓝色的天花板
不同于丽江那般秀丽
也没凤凰那般喧哗

仅留青砖灰瓦，画梁飞燕在诉说着
昔日辉煌的岁月

脚下踩磨光亮的青石台阶
提示着，行者久远的历史与记忆
残碑推断着乾隆年间，六月六的欢闹

我倾听着，注视着
在我生命深处的诗意蜀河
千年古镇的青石板

# 再一次，想起

现在是夏天，又是酷暑，这时
你的脚步从我脑海走出
而就在此刻，书和人全被忘记

现在是夏天，或是夏的终结
几小时的闲暇时光
从东走到西，耳边全是你的呼唤

我用哭泣的思绪，把你挂起来
你的手从很远的地方伸了过来，触摸我
仿佛在测试，我心里的那座桥
它的承重，颤抖

我文字背后的世界，如月亮一般黑暗
让我筋疲力尽

我们以前的对话，碎成了尖利的碎片
一块一块的碎片插进了深情的心脏
尽管我没有尖叫

却把一切都暴露在黑暗里

我的目光延伸到视线的尽头
泪水和汗水搅在一起，充当了在酷暑里
夏的表现……

## 人之初，性本善

一声枪响，呐喊，狂欢如光秃黑岩上的潮水
让我，让我的心也陶醉于拍打的虚幻之中

大蜡烛赞美着死亡，你们的欢呼声
歌颂着我灵魂的觉醒
暑天的高温，也灭不了火焰

逝者的头顶，罩着一层黑纱
哦，爱人生命的月亮，也蒙上了黑影
哭泣，放声哀嚎吧！只是一个家宣泄

请在深渊里把伤痛深深地潜藏
让那烛光照亮他的明眸
去给丢失的人性，眼中点起人性之火

病态，狂欢，你们的一切我都欢喜
你们的声音虽美，也暂且保持缄默
沉默吧，劣根的人性
总是在悲剧中找到自己快活的灵魂

黑色，死亡有时更胜于浮生
我想把“人之初，性本善”的本真唤回
把那埋头在初生的母体，重温我们的人性

芬芳，可会从那不可测的深渊里复生
就像从海底深处出浴的太阳
恢复它的青春，在空中升腾，弥散

# 麻　雀

## 1

在沣河绿荫的枝条上
麻雀并排在一起，沉默
此时，它们像教堂的神父
睁着棕黑的眼睛，在沉思

河水与它们保持一致，相互对视
一直等到落日时的黄昏
那一刻，它们充满了无限忧愁

想推翻坠落的夕阳
替黑夜早一点完成统一

河边升起雾状的网
想把它们的灵魂罩入睡乡

它们的状态教育着人类

在世间浓郁之下栖身，能使
诗人心中产生几首，或者几十首十四行诗
它的眼睛会使世人瞬间停止喧闹

2

这时，我也向湖边奔去
至少想抓住一道夕阳的光线
时间迟了，我徒然地追赶着隐退的落日

不可摧的夜，正在建立它的阴森
黑暗，潮热充满了战栗的空间
在黑夜中飘荡着焦虑的味道

我畏怯的双脚在河岸踩坏了
一只蜗牛
一坨狗屎

# 日　记

风来了，却没有阅读桌上的书
而我的掌心，瞬间渗出了汗水
不像是爱情，或忧伤的泪水
而是我书写离别之语的墨水

这个夜晚，我将不眠
我想要和星星夜谈
肆无忌惮，在黑夜行走

我要看黑夜如何
靠在月亮的肩上入眠
我想把自己埋葬在自己的神话里

月亮啊！让我做你的向导吧
我把影子给你做躯干
让我的诗歌做你的裙纱

我想写，满怀的惆怅
我也在发疯，连笔墨，纸张

都在惊恐地逃窜

我问自己，我真的在书写
还是在燃烧，我转身后望
往昔，不过是宇宙的一个点
从中透出的，也只有缥缈的一个幻影

风，在天空挂起了一串灰尘
让我从阳台上，观察它如何在拓展自己空虚的疆域
但愿我能看到一丝，从风眼里透出的深情

我以前曾见过风的伟岸和双目
还有些欲望的火焰
亲吻着风的双唇

第七辑

# 戏里戏外

**XILIXIWAI**

# 皮　影

打板脆响，四老爷一声“啊嘿”
乡村的夜场正式拉开
一束光源，就是一片天空

纸片似的身段
生命鲜活，史书的厚重与尊严
一块幕布，撑起

三尺绢丝的舞台
十指舞动千军万马
一句唱词，倾诉千古风云
四老爷在呐喊中
忆昔年的戎装

戏里，戏外
不过是幕后操纵的一个替身
只是四老爷那刺破云天的嗓音
一直活在我的追忆里

# 木　偶

一个掉了漆的大木箱
不停地在庙会，嫁娶中转场
多少年，记忆里的那几根线
牵引着粗麻布衣的木偶
更虔诚地拴着我的思绪
缠绕不清

只有在后台，你才会发现
男调女声的唱腔
竟出自同一个人的口腔
旦丑的贤愚，也竟是同一个人操纵

打板声中主演快速的翻跳
转跑在舞台的底部
唢呐与锣鼓的喧闹
高亢与婉转
都深烙在贫瘠的记忆

翻，转，腾，挪，小小木偶有了生命

怒吼，委婉，只在方寸之间
当泪水落下的一瞬间
角色的区别，即逝
只看到了土里泥里的双脚
换杆后，木偶们的生计继续挪动

## 唢呐声声

黄土地上的高音
与哭灵的曲子一起在山坡颤抖
飞舞的纸钱，迎合着孝子孝孙步调
飘飘欲仙

似乎每个音节上的亡灵
都在想把自己一生的无奈
含泪做最后的回望

两腮鼓起的父亲
踩着一泻千里的鼓点
在百鸟朝凤的曲调中
表情欢畅着

红白喜事互换着调式
哪里天黑哪就是家

一生都在专业与乡土路上
交替着奔走

悬在唢呐声里的首付款
一直都差那么一截
一直也没能落地生根

偶尔一次的体检
医生满脸的诧异
说你的肺活量堪比青年
父亲笑了

摩托车依旧奔跑着
唢呐声依旧穿透着
关中平原的上空

为六道轮回的告别
也为前世的因缘
昂扬，顿挫

# 民族器乐

## 唢呐

铜色的音符
在金色的碗口绽放着高亢
给乡野的村庄祝福
为那条无止境的路
扯住一个个脚步，回首
婉言表白的调式
大地都会经历一次次颤振
能将唢呐一把堵住的
只有流淌的眼泪，无比的沉重
压抑的呜咽

唢呐声声
天空才会轰鸣，狂野
那是灵魂与热血的告白
每一声，都蕴含着生命凝固着历史
都激励滋养着乡村的魂灵

吹手面向着蓝天，头顶着苍穹
鼓足了腮帮
为冤屈病死的魂灵祷告
为那些受尽人生苦痛的魂灵打幡

唢呐一吹
不是拜堂，就是升天
世间也没有唢呐送不走的魂灵
乡间一直就这么流传关于唢呐的故事

## 二胡

悠扬伴着明月的寂静
在夜空画了一条空灵的弧线
委婉着清丽，如雨滴甜润
优雅的复古像绵薄的夏云，一朵
在黄昏的蓝天漂流

二根琴弦连接着男人，女人
沉稳雄厚，高亢明亮
在阴阳的融合中
演绎着天地的绝唱

一曲《二泉映月》
在黑暗中感受着旋律的魅力
在低沉中泣诉着坚毅，自强

或许，二胡只适合悲戚
唢呐只懂得极尽欢笑

如若强行互换
那必将注定是嬉笑怒骂的背后
掩藏着的阵阵心酸

## 琵琶

一抹
如暴风骤雨，浑宏
一挑
如珍珠掉落玉盘，缓悠细切

轻轻地拢，慢慢地捻
弦弦掩抑，声声有思
未成曲调就已非常传情

我行走在湖边，在廊桥间穿行
仿若手持琵琶的飞天
依然是半遮面的害羞

用细碎的舞步
轻云般慢移
旋风般疾转
炫舞着诗书里的悲欢离合

# 散落在黄土地上的音符

## 台柱子

板胡声，“振兴着古老的秦腔”
领衔着古老的演艺，好多年前
从都市走入乡村，进入红白喜事
再后来，消声难寻……

至于演员，在一次次的长假中
北下，自谋生涯
酒楼，茶园里面的搭红声
高过了秦腔的亢奋

南上的小生学会了修鞋
丑角也爆出了玉米花
唱净的去修了脚，旦角也做了月嫂
多艺多才地谋着生活

只有胡子生牢记着领导不断重复的套话

你不能走，你可是咱的台柱子
胡子生便一直守着戏箱子
守到了只剩下一只空碗和筷子

后来，他开始给一家餐馆逮兔子
领着细狗，穿戴得如同猎人一样
向动物界最弱的生命挑战
一辆破旧的自行车，倒挂着血淋淋的野兔
好多人，不但听过他的戏，还吃过他的兔肉

再后来，台柱子不见了
连同他沾有血色兔毛的自行车
及空无的大戏楼
此时只剩下剧团生锈的大铁门和院里的荒草

## 流浪的二胡

飘着黄色浮尘的人海里，熙熙攘攘
疾步快走着一个背二胡的人

他手中没有饭碗，只有一把二胡
吼秦腔的黄土地上，所有人都喜欢他的二胡

于是，他给足了所有人的面子
换来了所有人给他的承诺

戏曲早已掉进低谷
他却用二胡唱着《秦腔主题随想曲》

大西北的剧团
有他的脚印和二胡的喜怒哀乐

当承诺变成一个个泡影的时候
他又回到家里

手中还是没有饭碗，只有一把二胡
他教出了一批一批的学生
桃李满天下

沿海一家音乐学校，聘他为二胡教授
十七年模范教学的奖状
贴满了室内的墙壁

他还是没有饭碗，只有一把二胡
今年暑期的一天，他在家突发脑梗

所有的积蓄和借债救下了性命
指头却再也撞不响手中的二胡

学校停了工资，药费无处报销
把黑发跑成了白发
此时，没有饭碗又没了二胡

像一服熬尽的中药
只剩下药渣

黄土地上的人海里
走丢了一个背二胡的人
人世间，照样熙熙攘攘

# 致敬——那份红色的浪漫

——读毛泽东给杨开慧的情书有感

1

你可记得陶然亭湖畔
北大红楼小道的树荫下
携手并肩着青涩的甜蜜
那是青春的模样
虞美人盛开的愁离
柔情似水
承载着火一般的记忆

2

被厚重泥灰包裹着
藏在墙缝的情书
血迹斑斑，泣诉着
披肝沥胆的苦思忧虑
字字夹裹着思念的火烛
未曾想

独自燃烧了半个世纪

3

字里行间全是刻骨铭心的柔情
爱与思恋
那份深情在战火连天的红色里沉淀
牢牢缠绕着至死不渝的眷恋
闪闪发光

4

“蝶恋花”扑面而来的深情
跨越着时空与灵魂对话
穿腹刺骨
在风雨飘摇中
铁骨铮铮，柔情似蜜

# 那个青春

那段狰狞的岁月
遇到了 28 岁的风华正茂
燃烧着青春的信仰
舍小家，为大家，为国家
因有足够的坚定

我们一直都信你
即使被压在雪块下
不悲哀，不害怕
只要春风吹来，雪块融化
那粒种子就会发芽

始终也会傲立雪中
在荆棘中也能开出花朵

## 走进延安

——血染的记忆，观延安保育院有感

一幅幅怀旧的光影
一段段血染的历史
一个个英雄的母亲
一顶染血军帽
一个快乐的“家”

在黑暗的岁月里
在风雪烈日中
用爱守护着
马背上的摇篮
抵挡着肆虐的炮火

又学习，又玩耍
无私地唤醒着新中国的黎明
繁星点点的夜空
点亮着，滋润着
孤僻的心结
用爱撑起一片爱的天空

在延安
我感受着红色的温暖
感受着“妈妈”般的大爱情怀
感叹着岁月的风雨
感动着自己
用眼泪洗礼着污浊的灵魂
重温着那个真实的
久远的历史……

# 不忘初心

宝塔山还巍峨地耸立着
那滚滚的延河水
婉转绵长依旧

指尖跳动的霓虹
为长眠于此的烈士
点亮着心灯

那简陋的窑洞
破旧的陈设
孕育着新时代的种苗

血与火的岁月
伴随着苦难的成长
鲜红的旗帜，插遍了祖国的山川海河

烈士的鲜血染红了胜利的曙光
倒下的身躯
叠竖着民族的脊梁

延安的热土
汇聚着人民的希望
雕塑的群像凝固着红色的永恒

我泪眼里叠加着
伟人的形象
追溯着记忆中的长征草地

黑色的帷幕
将我拽出了那段红色的光影

为了中国的崛起
为了人民的幸福
我们新时代的领航人

不忘初心
紧握历史的方向盘
在伟大的行程中
乘风破浪，砥砺前行

# 怒放的生命

——致敬七一奖章获得者张桂梅

一枚勋章挂在了
一位，把信仰写在心上的人
你凭一份真挚的情感
把那些苟利偷生的人
击打得灰飞烟灭

你没有生养过儿女
却有 1804 个孩子叫你妈妈
你没有万贯家产
却有一颗拯救愚昧
使女性独立自强的信心

十种药物
支撑着你那份独有的信仰
倾尽全力，奉献所有

一双布满膏药的手
一脸沧桑的笑容
一个陈旧的喇叭

一副步履蹒跚的背影
以怒放的生命，向世界表达倔强

在烂漫的山花中
自然还击了你风雪雷电
你却报之以歌唱
命运置你于危崖
你却馈人间以芬芳

戴着党徽的你
犹如一束光
照耀着偏僻的山村茅舍
更像是一首悦耳的歌
唱响着我们这个时代

# 生命的对视

——观看摄影展

精彩，刹那，定格的一刻
都有一个密码
煤制油黑白的两色
有着瞬间的忧郁
边角旮旯的黄，被岁月冲洗
古老的红，深沉的黄
却将那一刻永恒保留

时间，地点，人物的组合
无论尘封多久
都在遗忘中重拾
对视着前辈的星宿，从轨迹中陨落
在光和影的陪衬下，被禁锢在时间的框架
纸包不住的时间，却在那一刻停留
遥远的，记录着
如一把锋利的刀
把时间剁得一节一节，有条有理

我想伸出双手抓回那个年代

可悦动的画面，像一支箭
总是刺穿着人的内心
站在这个点上
看那张画了一半而留白的画布
我努力敲打着心灵的回声
或急促，或舒缓
眺望着，感动着无关的岁月

# 汨罗江的水到底有多深

一个情怀，一个心愿
在一曲《离骚》中瞬间穿越
你大义凛然地奋力一跃
为子孙树立了
一个不屈的灵魂
凝重的历史让人哽咽

五色的彩丝
透着娇妻的眷恋
落落的诗魂
又寄向哪里

万条江河为你鸣筝抚琴
锣鼓喧天的高潮
震撼着楚王朝的大厦
见证着
举世皆浊你独清的永生

年年，岁岁

祖祖，辈辈
怀念着那远去的灵魂

只有五月的阳光
能和你怀石投江的坚毅，匹配
只有它能洗濯照耀人们的灵魂
抚摸着你腰间从未拔出的宝剑

汨罗江的水到底有多深
怎能把一位名士丹心藏匿
又如何使粽香在史册上住下
保存一个千年的香味，不淡

汨罗江的水到底有多深
水已流过了两千年
我仍在观望，喟叹

风卷起
那个飘逸的身影
以一个独行者的脚步
横踏着一切的犬儒

风卷起了旋涡
你又开始向下沉潜
沉潜

# 今夜的寒冬，因你而暖

今夜的城墙，无比的厚实
眼眸里裹满了忧郁
起风的寒冬
刮得你累累伤痛

虽然冬至的阳光将你无限拉长
你清灰的身影里
仍透出淡淡的
一丝忧虑

一样的星空
不一样的呈现
美丽的角楼被你们点缀
如一条白色的巨龙守卫着古城
我似乎已经看到黎明前的曙光

因为有你
温暖了我们一座城
温暖了这个寒冬

温暖了病患的心

虽看不到你们的面孔
但我知道
你们一定很美，很帅
那些瞬间的温暖
我定会永远留存

防守的城墙如你们一样
开在人世风尘里的一枚无花果
你们会让西安这片历史的天空
增添更多的厚重

平凡的你
也会在秦腔的豪迈里
演绎出古城的灵魂
用雄厚高亢明亮的唱腔

# 大秦赋——俑士

隔断了那系在黄土地的心
用那双扶犁握锄的手
挥剑舞戟

望着你们漠然挺立的身姿
栩栩如生，无一雷同的表情
用战袍，跪射，甲士，将军
区划着等级的森严

一排排兵阵将士的战马
让我似乎听到了两千年以前
横戈跃马的厮杀声

我在一个泥塑的世界里
感受着那个久远王朝的气息
在这特定时间，空间
凝结成了一个点

看着

那一个个秦军的将士
一匹匹昂首嘶鸣的战马
仿佛看到那残阳如血的大旗
仿佛听到北方潇潇的马嘶

一辆辆，一个个
精致的马车，强壮的将士
浩荡穿过历朝的关隘
浴血奋战

一直来到现在
然而又在突然
鼓角无声，天地缄言
我无法想象
当年的你们一个个也是血肉之躯
黄土地上有着父母双亲
阡陌陇上有着妻儿少小
那种告别的场景，是何其
撕心裂肺

古战场依然挺立着
我无法想象
四十万赵国的降卒
被惨无人道地活埋
开创了最早的战争悲剧

在过分追求暴力下
一个显赫的帝国
经不起百姓的呐喊
便轰然倒地

看着
一片的残瓦断垣
一页页发黄的文字记载
却给现在的我们
呈现出流光溢彩的魅力

# 中考速递——查询

鼠标点击着爆破的心脏
颤抖攥着渴望
九个寒暑加叠的汗水
孟母三迁似的不停转移
都在蓝屏代码上闪现

青春期的暴躁
夹杂更年期的狂躁
伤心，哭泣更是小心翼翼
换来的却是家庭的飓风暴雨

花一样的脸颊，喃喃的依偎
都在一摞摞捆扎好的书本中
滑过，消失殆尽

你是我所有的中心
所有的希望
都萦绕着青春的气息
越绕越紧，似一朵云

重叠，重叠再重叠

遮住你的灿烂，盖住了你的锋芒
跳动的心影，碰撞着
压抑着

无休止地模考，月考
刷题，刷题
仅有的一天休息
也在补课中心穿梭
在杠杆撬动不起的原理下

黑夜如此漫长
密麻麻的公式，换算不出几点天亮
发丝油亮地紧贴着头皮
每抓扯一次，就泛白一根

控制，再控制
心跳加速
一科一科的分数
上下左右乱跳
只盯住最低的，发呆

家长群里不时有高分晒出
电话，微信
窥探，安慰，自我调剂

一次一次降低着期望
一次一次期待，反弹
在热血奋进的一年中
最终都回归现实
走回到平凡

# 青春·无悔

青春萌动占据着你们整个身型
一脸的无邪闪动着天真
一双纤细的手指
却在用力地写下每一个符号
勾勒着梦里的蓝天
你们用一个个不起眼的文字
抒写着青涩的印记

昼与夜分割着语数英的苦涩
红与黑墨色重合的颜值
勾画着万条重点
跳动的脉搏，激荡的心跳
顺着汗水滴入了时空

是不是也曾写过情书
在云里雾里痴迷
那就让友谊的花语
灿烂地升华着你们
因为未来的相逢定会有期

# 兰天竺

在秋末的晨雾里
在北方凛冽的寒风中
你是否还在遥唤着南国的风
在一片枯黄的寂寥中
叶繁如羽的存在着

堆叠的红果如玛瑙珍珠
血红耀眼而顽强
早起的我搓着冰冷的双手
欲罢不能地想折一枝
插入我的花瓶

我把你捧到我的书桌前
想让你带我一起逆袭
你可以把冬的凛冽
变换成一种欲震山河的风范
你可以在漫天的冰雪里
自带出一种浓浓的暖意

当我无法走出文字的困境时
看着你
血一样坚挺着
使我感受着生命不屈的执着
期待着美好，感悟着当下

在浓艳的季节你低调地
和大地的绿色融合
在一抹奶黄的花蕊里
孕育着繁衍着
生命的真谛

# 又见，银杏落满地

几片金黄，浑圆，丰满
如打开的折扇
倔强着不肯松软
在这个秋天
你是否还会同我一样
站在银杏树下

想寄一片叶子给你
没有任何暗示
只是因为现已是秋天
我抬头仰望逝去的遗憾
其实当满树的樱花
完全褪为绿叶时
浪漫就已被我藏进了花期

秋天很美
泛黄的银杏更美
世界很好，希望你也很好
我脑海翻动着以前所有的种种

此时都不抵这满地银杏的告白

叶落如同凋零的众生
我在树下仰望般若的永恒
希望春夏的失落
此刻都能被窗外的秋风化解
满地的金黄能与你
诗意温柔地并存

你说过，希望我如银杏一样
做一个让人心动的女孩
可秋的银杏却极不情愿地飘零
我再次仰望它枝叶的缝隙
闪着光芒
看着厚厚一地的金黄
此时的心也已好暖好暖

# 在秋的季节，我遇见了粉的浪漫

安静而梦幻，如云似雾般轻盈
你把回眸一笑的风情
融化成了相思红豆的痴念
瞬间让那个遗失的浪漫，溢满全身

行走在粉色的花海
如同坠落到一个灿烂的童话
软软的欲望包裹着我
就连吸入鼻孔的气息
都充满着潮红的轻盈
我此刻已忘却了尘世的嚷燥
穿越另一时空，变幻

如一袭长裙，远远而来
如花的心思在心底婉约妩媚
时光里的红颜，红妆粉黛
把世俗给它碾压出一地的凄凉
淹没在如烟的尘埃

此时映红景色的
应是顾城的那首小诗，放飞
草在结它的种子
风在摇它的叶子
我们站着，不说话
就十分的美好

# 松　塔

又到了飘雪的季节
寒风吹着哨，猛烈地摇摆着
大片的雪花压着我的枝杈
风和雪都想征服我
但却一次一次地失败

也许只有雪才能映照出我的内心
也许只有雪最了解我
然而，雪并没有为我拭去眼泪
只是飘落在我的身上，融化
然后，才化作一串一串相思的泪

我的目光随着太阳，一刻也没有停
如若是乌云遮挡
也会一直望着那个消失的地方
一直矗立着

我没有花的香味
更没有瓜果的香甜

但每一片叶上
都会有一个新的生命在颤动
就连每一颗松针都是气宇轩昂的

# 在落日找寻

## 落日

走过了辉煌后，渐渐西沉
依然，留下一种坦然的宁静
想象被再次剥离，光晕向湖岸靠近

词语是蹩足的，在微波的湖面
我想成为湖里的水草
这样就可以永世在水里漂移
把思想指向大海
在忧虑中阅读湖中的心波

我站在黄昏眺望
看着那静静的美丽
每天蹒跚的脚步
都可遇见日落交给我们的悲伤

你可想入非非

思维随着夜风完全游离
全身都可融于深冬
苍茫的夜色里

## 找寻

我记得，你说过
你会陪我一起看日落
但我还没来及感受它的温柔
你却已起身离开

落日与晚风，在曾经的路口
盘旋，蔓延
云团火焰般燃烧
似一朵朵绚丽的玫瑰

你喜不喜欢我
我不知道
但我有多喜欢你，我很清楚
如果说去见你
我一定是用跑的速度

我寻了一个冬天
关于春的气息
谁知你一笑，便是

漫天的余晖洒满湖面
彩云也好似弥漫着温柔
但你依旧站在路的尽头
模糊着湖面，越来越暗
越来越远……

# 听潮，看海过新年

风依旧在吹
吹走了北方高空上的云层
携来了淡淡的花香

风依旧在吹
吹走了北方的尘埃
带来了新的气象

风依旧在吹
吹走了疫情中的悲哀
带来了别致的人生

北国的冬季，一片洁白
而在南国，没有了雪的点缀
只有海的呼啸，风的嚣张

谁会想到，茉莉的花色
茶梅的艳丽
在被人冠以万物不生的冬季

依然绽放着不一样的绚丽

谁也不知道咆哮而来的虎年
究竟意味着什么
我们只有跃上时间的虎背
追风赶月地奔赴辉煌

在南国的树丛里
透出一缕新年的温暖
映照出圣洁的美丽

花与草奋力汲取着热量
昂着脸，在风中摇摆
倾听万物的情缘

风依旧吹着
我在南国的海边
听潮，看海过新年

# 浪花里的晶莹

我背着冬天，跨过阴霾
在雪花飞舞的时节
感受着夏的炙热
我的目光随着海风
在搜寻着海的边际
卷起的海浪贪婪，顽皮地
舔舐着北方的皴裂
被浪潮打湿的衣裙
感受着温润，湿滑的抚摸
暖暖的

海浪被狂风蹂躏着
碎银似的
前浪引着后浪，后浪推着前浪
浪拍着云，云吞着浪地绞成一团

我想在浪花里找寻雪花的晶莹
我想让浪花与雪花相遇
碰撞出爱的潮涌
如果说一朵浪花是一个跳跃的音符

那么一片雪花就是一个蓝色的精灵

我想象着
当精灵与音符相爱
是否会产生惊艳世界的盛况

一排排的浪花，如一组激昂的旋律
激荡振奋着人的心灵
漫窗的雪花，如一群飞舞的仙子
飞落人间，净化着人间的污浊

看着一海的浪花
如一个个欢乐的生命
沸腾着，咆哮着不屈的命运

我想让浪花携着雪花
在冬日里撒欢
把空灵飘逸的薄翼
转换成千里冰封，万里雪飘的壮景
献给南国的风

此时的浪花
被海的浩瀚，沙滩的阳光
衬出了依稀的素白
一丝的素雅，一抹的温婉
又好像多了一点古城的韵味

# 我的眼泪为你飞

寒夜冷香着城墙上的明月
北风搅拌惆怅在空中肆虐
我却在用身体里亿万个细胞
渴盼着你温热的目光

我面如娇红的玫瑰
与十五的灯笼相映
我努力在你的眼光里
寻找着眼光

找寻那
第一次相遇时所迸发的火花
找寻那
在相互凝视中可互通的情谊

那一年
青涩的生命在我的眼里有了光芒
雪花也在我的心里多了一些美丽的幻觉

那时所有青涩的青春
都在羡慕着我们的恋情
蜂蜜都在嫉妒着我们的甜蜜
我也在为我们的缠绵而感动
庆幸自己拥抱了真正的爱情

就连你送我的那枝玫瑰
我也以它的枝叶
做你的关怀
以它的毛刺为浪漫
只为你奉献

可今夜，情人节的夜晚
我们宛如诀别前的回光返照
相见像是一场盛大的告别

我的眼泪在飞
落在了城墙上每一块走过的砖
也没能留住你转身的决绝

此后，你便是你
我还是我

那时只记得
你的手心里留下过我的指纹
我的心里装载过这世间

最繁盛，最美的爱情
这已足够

你写给我那张诀别的花语
二三行
此去已经年
而在我生命中留下的痕迹
如同前世的记忆
已渐行渐远

# 留白的青春里，也有着几缕墨色

我恍惚着昨天的曾经
遍地的美好
留白的青春里，有着几缕墨色
跳跃着欢乐

那时我想飞，带着灵魂与梦想
在鱼龙混杂的白天，黑夜
不谙世事却不得不挤进社会的暗流
受伤自愈

当你成为我的过去
多少年后谁还会记得
你在城墙上刻下的沧海桑田

谁在七月弹奏放肆的喧嚣
渲染了这份凄美的分离
就在那一瞬间
苍白了整个校园的活力

我想着那些掉落的时光
挥动着残裂的双翼
竟想着笑着飞离浩瀚的蓝天
钻进你的心房

时间总是瘦得从指缝溜走
在青春布满藤蔓的墙根
总是散落着一地的音符
被记忆沉吟着碾过
又被风卷起

看着城墙透出的青苔
我停留在了某一个角落

好似看见了黑白色的我们
脸上泛起的红晕
已被风吹过了夏天

# 最长的夜，最暖的情

雨下了，雪就快了
我凝望天空，闭上双眼
任雨丝夹杂着雪粒
与我娇柔地缠绵

听，民谣在干枯的草里开始发芽
看，脱光的树干，被风抓挠着摇晃
路面的浮冰，一缕一缕裂开
笑出了灿烂的花朵

认真算着日子
九天九天地数
直到九九艳阳的那天

天空突然洒下一股暖流
给了我一个进入春天的理由
可你的白发，佝偻的背
却瞬间让我满含泪水

我的脚步
不得不加快了速度
想赶在这个最长的夜
为你写几句最暖的分行

# 寻　梅

雪花如蹁跹的粉蝶
无边地飘落在耳边的音符里
巴赫的教堂已经隐隐浮现
院子里留下的第一行脚印
使我想到了人类的早晨

绿松上的雪被
孤独地倾听着圣音
一阵浓香袭来
我走近了蜡梅

在雪海里微微颤动的花枝
使我强烈地感受到春的脉搏
刺玫也不在意风雪的凛冽
依然开得那么饱满艳丽

我不是画家
无法绘制出你最美的神态
我也不是艺术家

无法修饰你令人陶醉的风姿

我只能用
自己最贫乏的文字
喊出对你的崇敬与赞美

# 踏　雪

雪还在继续下着
城墙根下那些翻阅阳光的人
还在用传统的姿势默默注视着
漫天的飞雪

不笑而笑，无语自语
有的甚至把帽檐上举
仰头去接受这白色的洗礼

我认出
那些雪地上凌乱闪烁的脚印
是诗
那些被踩踏板结的冰面
是散文

落在树梢上的积雪
不像是刻意地嫁接
而是被自然地塑形
被披上雪纱的世界
终于出现了清晰的轮廓

# 我在北方的海里，追梦

追梦
北方的海水刺骨的冰冷
海面上零星的浮萍在随风舞动
海鱼，豆油的腥臭
在海港城市的上空弥散
海水打湿着泥土气息的脸颊
赤裸裸地疼

出租房里橘黄色的灯光，温暖
撩起思家的念想
一样的天空，一样的月光
可梦想早已化成了思乡
流淌在血液的亲情里

深扎在心里的故乡
已成诗情画意的回忆

黑天出门，天黑回家
自己像照片一样被定格

在拥堵的人群
那一刻，她深知
泪水永远比汗水要更苦

海鸥每次的啼鸣
如警钟一样告诫着她
职场的残忍没有退路

充满泥土气息的双脚
不知丈量了多少高楼
成熟与同龄人的脸庞
在诉说着丰富的阅历

经历的种种辛酸
默默地耕耘着一片陌生
起初的梦想
早已不知飘向何处
最终留给自己的依旧只有孤独
但她还是想努力
站在故乡的那头

# 浪　花

冰冷的岩石
被浪花一次次地拍打冲洗
海鸥的鸣叫如归家的鸣笛
刺耳，勾魂
图片
泪水，汗水和雨水
一起搅动着深蓝的海面
激昂柔情的涛声
如一支进行曲跌宕，起伏

洁白的沙滩上有海藻，碎石和贝壳
一双黝黑娴熟的手，在用力地撬动
剥离着一颗颗闪亮的珍珠
照亮黑夜沙滩上赤裸行走的双脚

# 来生，还想遇见你

只能凭借着记忆
默默地靠近那时的你
此刻只愿时间慢一点
再慢一点
阳光暖一点
再暖一点
梦里是你星星点点
似飘落的雪花
恋恋不舍

梦外的万里千里
寻寻觅觅
经年的那一份爱恋

你在哪，找不到你的身影
闻不到你的气息
听不到你的声音
只能默默地想你

渴望来生
还能遇见你
如此，可好

# 院子里的老门板

起子代替着钥匙
撬开了一副老旧的大门
凹凸的铆钉，布满沟壑
锈迹交替地重叠着
一个个裂口，如千百张口

欲说着
无声地呻吟着
并非落寞

新修的亭阁楼台
禅意悠然
树梢上的鸟雀，低吟浅唱

抛光着岁月的印记
分割着年代的虚构
一排排铆钉照亮着星光

触碰着温热的器皿
豁了口的老牙床
此刻已被微笑填满

# 石　砂

每一粒都是山的灵魂
紧紧与山石相融
咬着机器的鸣叫
把自己摔得粉碎

总想冲破无底的深渊
渴望着一片绿茵
耕耘一下秃无的山脉

总是被城市需求着
喷雾潜伏着喉咙
吸附着漫天的雾霾
轰然而下的碎片，依然在路上奔跑
此时的世界空无一人

当一粒沙膨胀时
我紧紧地把它握在手里
身体开始悬浮，悬空
滑落

堆积，搁浅

它想迅速蔓延整座城市
但一阵风也会让它在空中失重
当生命被巨大空白填充时
空白下面一定是你

你用附在生命表面的时间
却把石块敲击得千疮百孔
当我眼睛里布满折断变形的钢筋时
无数只飞鸟也坠入了深洞
化成了璨璨星辰，旋转飘舞

第八辑

# 把爱还给永恒

**BAAIHUANGEIYONGHENG**

# 把爱还给永恒

美丽的梦
你说，你像白云找蓝天一样
想我
而我，却摔伤了手臂
为了想去拥抱白云

多么美妙的一幕
天空中闪现着无数的群星
都在我眼睛的疆域
为黎明前那尚未起床的玫瑰
解开衣襟

宇宙如生了锈斑一样
我陡然妄想去把它擦亮
在黑夜中恋爱一次，就一次

将白昼的头颅
倚靠在黑夜的肩头上

穿着性感的睡裙，依靠在天空的露台
从月光中映出的双眸，充满了妩媚

我知道，那是梦
每天交给我最美的差事

# 月亮失踪了

月亮把云锯成了两半
黄昏躺在了地平线上，吐血
你却不见了踪影

爱被温柔地呵护着
就像在被围困的蜂群里
在那一时段

门被错误地打开了
一个女孩呆呆地坐着床边
她的王国是永恒的国度
在寂寞中，盲目地等待着

在日夜的缝隙里
触摸着彼此的文字

风中弥漫着四月天的清香
在她脸颊滑落的却是
遗忘或抛弃的痕迹……

# 雪山的星

行走在雪山的脚下，我突发了一种渴望
就像照片中的一个人
想回到那时，看着他的双眸
伴着这纯净稀薄的空气

在这游走的云里雪山，我想
爱情是怎样在我认知的化学式里
转换成了友谊

我想到爱情，它让我重燃了生命的激情
我的生活又多彩了起来
充满了希望与动力

这时雪山中裸露出
一些被掩埋的尘埃
洁白预言着洁白，一只飞鹰
在我的头顶，把一只柔软的福袋
紧紧叼住

而关于我曾一度深爱的男孩
今夜沿着雪山而动
满天的繁星，顺着车窗穿过
划过很多他的双眸……

# 一从蔷薇

喷洒水龙头的声音，推迟着花期的终结
夜来香却打破了黑暗的律法

仰望着你的唇，手
这是情侣在一起时的歌谣
落日却向他们展示了，另一种的向往

蔷薇，在关闭的花园
有些许渴望，丰富和失落

花瓶的那枝蔷薇，见证着
最后那次语音夹杂的文字

红色激情中那个甜蜜的时刻
在终日不回的话框里

终结的色欲，醒着的睡眠，梦里
以及徒劳的时间与等待

床头的花瓣，覆盖了手机的屏幕
里面写满了甜蜜

此时我耳边的誓言并不孤单
还有那一丛蔷薇花开满墙

# 雪　莲

我乘着月色，向着云端自由地伸展
在冰川，暴雪，狂风的逆境下
洁白，晶莹，柔静着多姿

在琵琶声掀起的寒风中
撩起了别样的情愫

在月光下吐香，在雪山上娇媚
在以圣歌为诗的高原，用心
绘画着雪山的冷峻，高原的野性

我紧紧抓住飘来的云朵
与西伯利亚的呼啸交融
拥抱住所有的光芒
竭力收集着蓝天下的余晖

让游离的思绪找回远去的温暖
就这样留在脑海，全神贯注

一动不动，永远保持这样
超越日历，超越星河
就算站立成一株标本，也要静等你的到来

# 苦　涩

一次，唯一的一次内敛帅气的你
强劲的手拉住了我的手
夜色深沉，像一枚崭新的校徽
一轮皎洁的弦月当空
庄严的夜色，如护城河的河水一样
流动在沉睡的古城上空

穿过古城墙的墙体，到各家门口
悄悄走过的两只野狗
竖耳倾听，慢慢跟在我们身后
像两个可爱的影子

突然，在苍白的月光下展开的
极其亲密的氛围下
从你那充满磁性而丰富的音色里
只奏甜蜜调的口中

从你那如沐着春风的和弦中
明朗欢快的口中
漏出了一个音，颤抖着滑落在地

是那样的奇怪而悲恸

像个懦弱，阴沉，肮脏的乞丐
以伸手为耻
怕被人看见，长期
密藏在袖筒之下

可怜的王子，你用刺耳的调子歌唱
人世一切无法确定
不管怎样处心积虑，伪装
总会暴露出自私的一面

做个有担当、负责的男孩是一件苦差
是那样的虚伪，懦弱
就像是愚蠢、冷酷的杀手，呆滞着
不由自己地装出一丝笑意

相信人世的心，乃是一件蠢事
爱情和美都要分崩
最后都要被丢进纸篓
把他们还给永恒

我时常会想起那迷人的月色
那种寂静，那种推诿，倦怠
那种在内心的忏悔，低声地
正在告白着……

# 月光下的忧郁

今夜，月光洒落了无限的慵懒
像在重叠的床品里，躺了一个漂亮的女人
在入睡前，用她的手缓缓地
轻抚了一遍自己裸露肌肤的轮廓

在丝滑的，柔软的丝质被面上
月光一样迷离的眼神处在昏昏入睡的状态
她眯起眼睛遥望着窗外满树的桃花
向天空里悠悠上升的粉色幻想

偶尔，当她感到疲惫又无所事事时
会给大地洒下几滴清孤的泪
一个美丽的女人，厌恶着睡眠的鼾声
就把这一滴像钻石一样
闪着幽蓝色的碎石收进手心
放进那个远离阳光，眼睛的，他的心里

# 美丽的光

喜欢我们在城市郊外的
那个院子
虽不大，但清新，也幽静

崭新的石膏像，古老的维拉斯
裸露着丰盈的双乳，悄悄躲在芭蕉叶后

万丈光芒的阳光，到来的有些晚
在折射着它光束的落地玻璃窗外
好奇着一双瞪大的眼睛

注视着我们快乐无比地用餐
在溜光的大理石台面和淡雅的窗帘上
反照着它蜡烛似的，美丽的光

# 流　星

1

想象着那个瞬间，多么的美好
我身上燃起的一团烈火
从遥远的火山喷发

耳鬓厮磨的呢喃
呈现着爱情的甜蜜

每当我试图抓住
阳光下的手
黑暗之手就会随时将我吞噬

为了解开我禁锢的思维，绝望地捆绑
我在时针的腰上，系上了永恒的梦呓

厚重的古城，青砖
在相互窥探

又在暗中相拥

是否，阳光也要借着黑暗
才会体验它的苦闷
并以此考验爱情的纯洁

2

月光依然温柔
床头的灯光也同样的温柔
当我们的肢体能长久地相拥

我期望不眠的天使
在天空的廊桥漫步，悠闲地
今夜的流星也一样的温柔，它也会唱歌

也许，世间没有爱情
除了我在幻想
以为总有一天能够相遇

别停下，继续幻想
每当我试图抓住你
哪怕这个幻想随时破灭，死亡

# 风中的玫瑰

我翻阅着之前的伤口
那时的爱恋
曾经划伤的心
我们还尽力地描绘着明天

我的脸颊写满了夜晚
你的眼睛却满是清晨前的黎明
我想和他们踩着一样的步调
像血与思恋

每当与他们相遇，就要遭到裁决
将爱情和我们抛弃
如同风中的玫瑰

# 月色的白，刺痛了我

夜色落下
我被黑夜裹住，越来越紧
无法阻挡的月光，白得刺眼
我不想让你怜悯，我爱我文字里的缺陷
胜过你的赞美

从现在开始，我不想取悦于谁
虽然甜蜜未曾打开
谁知道这黑夜有多少人在梦里，打鼾
到我这里，却布满了你模糊的轮廓

夜已很深，院子的野猫偶尔会发出响声
这时，一定有一束微弱的蓝光照着我的想象
也一定有个失落的女人，在屏幕上翻动

一条河无比的辽阔，还有隔板
我不停地战栗，纠结
生怕辜负这来之不易，又微不足道的情感

我抱膝于子夜，听月光下窗外的凋零
不仅仅是，玫瑰
还有夜晚的月光，还有整个宇宙

此刻，蔷薇的味道穿过窗棂
院子的狗叫，一声远似一声
月光把屏幕照耀，把虚渺一再推进
你用那份不出声的爱，撞疼了我

# 滚热的石头

我也想用
巨大的沉默和微小的抗议捆在一起
就如牛和驴被牵在了一起一样

我一千次虚掷着我的爱情，用文字
你都没有主动敞开一次语音的问候
或者固化的图片

这是最后的一次较量，用心
我想让我的大脑休息，它一路在跟我跑
它已筋疲力尽

也许在你的门口，有了另一束耀眼的光
才使你在我世界的下面，如此矜持，冷峻
一块滚热的石头，这时想停止滚下陡峭的山崖

唤醒着曾弃掉的平原
难道我必须在山崖间沉睡
像紫荆花的树干一样嶙峋

听着野狗对我的犬叫
我却用月光的忧愁来伪装我的爱情

谁能告诉我，穿过什么样的崖缝
我才能看见，梦中那个伟岸的肩膀和手捧鲜花的你
或至少是，你儒雅地在向我招手

# 镜　子

想把自己的心变成镜子
让明与暗相对视
可摇曳月光的苍白，也可窥探星光的璀璨

在黑夜里，建造一个专属的宫殿
那时，我将看到清一色的地平
花园，在鱼池啜泣的喷泉中
盛开着娇媚

此时，斜靠着你的肩膀
看着不停在唱歌的小鸟
把那歌中最真的情调，亲吻

我不会再在电脑前，扭动我的脖子
因为，我将在这快乐中陶醉

为了纯洁地做我的梦，我想
一直躺在星空，靠近大海，醉梦沉沉

透过迷离的双眼，看蓝天升出的星斗
升起的月亮，把苍白的光洒向苍穹
一泻千里，观看着春到秋的变幻

当冬的萧瑟来临，我将关好门窗
拉紧窗帘，从我的心窝拽出一轮红日
用爱的深情，晕染出温暖的光圈

第九辑

# 西藏之行

**XIZANGZHIXING**

# 布达拉宫里的情缘

## 1

你说，
“住在布达拉宫
你就是雪域最大的王”
看着高大，圣洁的灵塔
我知道你不在其中
你本该为众生抄写经文
却为一女子
写尽了俗世最浪漫的情愫

看着
高耸于蓝天气势磅礴的布达拉宫
也似乎看到了酥油灯下梳妆的卓玛
在等待着街头深处走来的情郎

雪山
一袭洁白的圣洁
佛，也许要有一个
让自己沉沦的角落
我们何尝不想和你一样
有个爱的角落

今天
我转过了所有的经筒
不为去触碰你的指尖
只为你的平安健康祈福

香雾里飘扬的经幡
牵引着心的方向
诵经的韵律
叩响着红宫的神秘

你听
在这最接近天堂的地方
一个让人无比向往的角落
八廓街的酒馆里又传出了
摄人心魂的声音
“流浪在拉萨的街头
我就是最美的情人”

2

这里为你而建
湛蓝着清透的神秘
为你改穿绢绮，脱掉毡裘

存留的壁画勾勒着当年的盛事
热烈与欢腾，仰慕与尊重
在黄河的源头，在扎陵湖畔

有你们最美的相逢
甜蜜的印记

在和亲与爱的召唤下
他拨动着智慧的心弦
纵然有万座雪山，千条江河
你也要跨越与他相守
那注定的情缘

你回眸大唐的盛世
把思乡泪洒在进藏的
两年零九个月
却笑对吐蕃的子民
说哪里都是家乡
给这圣洁的地方染上了喜庆

你让藏地无佛成为了历史
喧嚷的八廓街
庄严的扎什伦布寺
及高耸的冈仁波齐峰
吸引着世界上无数的朝圣者
来膜拜

不管历史的风云如何变幻
相信你们的爱能为每一个
虔诚的信徒
守住心里这片神圣的净土

# 纳木错

不知道我们是前生有缘
还是今生有约

我穿过唐古拉山脉
越过那曲的草原，冰川
与你纳木错相遇

我捡起一块石头
连同我的心愿堆放在玛尼堆
虔诚地许下自己的诺言

捧起一把圣湖的水
濯洗一下疲惫的身心
让灵魂在这喧嚣的尘世
也可得以超脱与净化

高原的蓝，热烈而深邃
深邃地穿透了我的脊椎骨
我瘫着松软的身体

匍匐在温热的石滩上

看着雪山浮出，白云飘过
身边的牦牛，远方的海鸥
我好想把它们放入一滴湖水
装入我的眼角

此时，我走不出你的蓝
你的目光
却真想把自己融入
你蓝色的血液
一起流进纳木错的怀抱

# 羊卓雍错

日月同现深邃浩瀚的蓝天
我被这突显的幻境倾倒
我多想再借一双眼睛把你浏览
删除相机久存的相片
只为给你留有足够的空间
装下你的纯洁，你的美

我站在离天最近的地方
喘息着弓下脊背
想驮起此刻的宁静
白云有着千百年盘旋的神秘
瞬间变幻着，重叠着

在阳光的折射下
你如一条舞动的蓝色丝带
如龙女扭动着柔美的身姿
只因一个美丽的传说
他们绕湖而行表达着虔诚
无论气候多么恶劣

都阻挡不了朝圣者的脚步

都说你是龙女的泪滴
每一时，每一刻
都给我不同的感受
感觉陪你多久
你就会给我多少风情

眼前呈现的奇景
使我受到了强大的干扰
我无法想象，曾经的憧憬与向往
已被现实所替代
置身其中，感受着它的心灵与身心
一样的圣洁与温柔

羊卓雍错的山路曲折蔓延
山峰，冰川，牧场，水鸟
每一处都在触动着我的情丝
我想与你共鸣
在这苍老的土地上
为你吟唱，为之动容

# 卓　玛

格桑花开并不一定漫山遍野
我只是在车窗里向外眺望
惊叹着那一片一片的奶黄

在那崎岖盘旋陡峭的山坡
有一位少年的卓玛
掬着一脸黝黑的笑容
牙齿如雪山一般
闪亮耀眼

用一面镜子把自己的美与假期
一起折射
清风吹动着你散乱的发丝
时而伏爬，时而侧弯
想把羊湖各个角度诠释
让我带走

手机咔咔闪动着
你的笑容

如一杯甜茶芳香四溢

在雪域高原变幻的瞬间
给我存储了双倍羊卓雍错美景
我知道你把信仰埋在了心里
在洒满阳光的湖边
为我摆拍

镜子不时地把我们框在一个画面
我却不住地为自己而羞愧
你如老人手中的转经筒
如此，这般地没有停下

马还在跑，牛羊依旧在哪里笑
圣洁的雪山，美丽的羊湖
有一个美丽的姑娘叫卓玛
如歌里唱的那般

飞舞的彩蝶只属于山野
只有在特定的高原
才能开出淳朴，恬静
又美丽的格桑花

几个小时的山路被高速替代
高反与晕吐翻江倒海
可你清晰的笑容不停地闪现

我想停止对你所有的想象
可你那双纯净的眼睛
让我无法躲闪

默默地希望你能按照自己的心愿度一生
也许还会踏入祖辈从未抵达的远方
也祈祷你不再像母亲那一辈
一生被局限

# 你说，你是援藏干部

古城墙下，你我有着一样的梦想
一样的青春与浪漫
多年未见
却在藏区的新闻里看到了你
一脸的成熟，一眼的恬静
只是容颜的色度更加深沉

视频里，你呵呵地笑着
还是当年的声线
我问你，为什么
抛妻弃女远赴西藏
你说，人总要干点事么
雪山般的牙齿闪照着我的双目

你说
一代一代的援藏人走在我的前方
他们不惧生死为藏区
把忠骨与热血撒在了唐古拉山
有的藏友为了使格桑花开得更艳

做了 36 个藏族学生的爸爸

我问你，想家吗
想孩子吗
你说
我想妈妈唠叨着给我煮的面条
更留恋孩子撒娇耍赖的样子

每当中秋月圆时
我总会在雪域高原的夜色里
依稀见妻子忙碌的身影

我问你，为什么要援藏
你说，忘不了入党的宣言
丢不下阿里的山水牦牛

你说，只要我在苦中能做出成绩
树得起“援藏干部”的称号
就已知足

你说
身边有好多来自不同行业的援友
都是实干派，都是敢作敢为的中国人
你说你热爱这里，为了阿里更好

前一任的领导

为了脱贫，跑遍了藏区 500 多户贫困户
用了五年时间为阿里第一个县脱贫

你说
援藏不是你一个
而是分九个批次，9682 人
9000 多个日夜
接力着，推动着
发展着西藏……

视频掉线了
黝黑的屏幕上还闪现着
你滔滔不绝的说辞
此刻我没有勇气再问你
为什么……

# 雅鲁藏布江的吉他声

从固态万年的碎冰
融化成涓涓细流，到沸腾的温泉
再到飞瀑的江水

我可以眺望云遮雾罩
也可目睹缕缕青山遍布的热带雨林
又可仰望直耸云天的皑皑雪山

我不知道这是哪里
在江南？
牦牛，青稞与经幡
又提示着我，否定着我

奔腾的雅鲁藏布江里
一颗石子，一滴江水
都好像有一个山神在欢呼
张扬着江河的狂放不羁
沉睡的雪山
也映衬着它的躁动不安

在南迦巴瓦的主峰上
看着它一泻千里地疯狂撕裂着宇宙
呈现着雄伟奔腾的浩荡

在滔滔江水里泛出你的笑容
那首被你重复无数次的旋律
又被我的吉他声
一遍一遍回放

我想让歌声穿透云霄
在冰山一角，留下期盼
雅鲁藏布江，或许
也曾在等待爱情

最终自己却以雪崩的形式破茧
迫使丛林，高山一点点褪去
揭开太阳裸露的光芒
坚守着一片自己的土地

# 远　方

在巴黎的铁塔起舞
在新加坡的花园城市穿梭
在无际的大海上漂游

高价的相机拍下各种炫酷的 POSS
生活虽丰富多彩，物欲横流
但心虚得缥缈，迷离

“诗”，在菜场也在餐桌上
在来回上下班的地铁上
远方，不是世界

生活的苟且，还要继续
给自己心里留下一块净土
滋养心灵，舔舐伤口

在夜深人静时
去找寻属于自己的
诗与远方

# 我对着窗户默哀

窗外的雨与警报的鸣笛交织
声声锥骨
阴郁的秋雨

给那个血沾的家国做着冲刷
为了心中那团沉默的烈火
我只能对着窗户默哀

只能泪眼婆娑地想着
我们的同胞
及那个悲惨的年代
九一八

在我灵魂深处的歌谣
载满着苦涩词组
雨水潮湿的诗行上
我已不敢出声

# 月亮走，我也走

只要闻见桂花飘香
街头就可见到中秋的标志
那一刻，那一轮乡村的明月
带着年轮，熠熠生辉

月亮走，我也走
农家院内的井壁上
就摆放着奶奶手制月饼（糖饼）
作为中秋的献食

在月亮品鉴后的清辉中
那种香甜
瞬间填满了我的记忆和味蕾

月亮走，我也走
走过田野，跑出村庄
心绪追着月亮跑

城里月亮也很圆，也很亮

千百种馅料的月饼
在橱窗前陈列
可好像再也没有人像奶奶那般
虔诚地为中秋之月献食

月宫里的故事一直还在耳边回绕
想象着你在中秋就会回来
还要为中秋之月献食
还要为你爱的子孙制作甜蜜

可是那一年，月亮走了
你也去了……

月亮走，我也走
今年的中秋我也想学你那样
把月饼醉人的清香
及中秋团圆的祥和
一起洒向世界的角落

# 蓝焰在闪耀

雨倾盆地下着
一切好似要替你们浇灭
角落里突燃的火苗

那一抹橄榄绿留在了曾经
浩瀚的深蓝继续着血与火
生与死的考验

一枚枚奖章，一段段视频
如电影里的特效
在蓝焰里闪耀着钢铁般的意志

谁的青春不迷茫
你们却用激情点燃着黎明前的殷红
用忠诚把内心填满

# 第一场雪，下在了秋天

秋天的风，一秒间
就转换成了雪花飞舞的冷刀石
吹皱了行人的脸颊
吹皱了农民的心血

灾难总是不可预估地到来
金色的果实还没收仓，却已发出霉芽
剩余的绿也在秋风中瑟瑟发抖

那些碎了的土墙瓦舍
也在一次次的洪流中
紧紧攥着土地，蔓延
肆虐的雨水洪灾
使农田变成了汪洋

乡野的村庄
被你吹响哀痛的号角
被雪覆盖了树梢的硕果
瞬间，有了冬的韵味

# 白茯美

我给世界注入了新的生命
时光却给我留下了满目的疮痍
以及即将枯萎的枝干

白茯美药食着美
续写着美的传奇
延缓着我如雪的肌肤的衰老

从相识到相知
白茯美同源着千年的典藏
焕发着青春的生命

每一味都可拖住时间的钟摆
每一味都可注入新的血液
每一味都在诠释着美的光晕

美使星空更加耀眼
有白茯美的呵护
万人迷才不是梦里的情话

# 春　语

想了一夜关于春的文字
都不及清晨推窗的柳绿鸟鸣
当风的韵脚划过脸颊
也唤醒了一个含苞的桃花

瞬间就浪漫了整个春天，及我的世界
都说没有一个季节的风
比春风更让人感到温柔
没有一个季节的阳光
能和春日的明媚比拟

我想用全身的器官去
尝试一下春的滋味
春寒却在无数次提醒着我
花开暖意之下也有颓废和猫叫

总以为战争离我们很远
总以为疫情不会再来
可生命总在这朦胧凄迷的氛围中孕育

在这诗歌的节日
我还能有万千情愫涌动
或悲或喜，或淡然
或深情地写几句分行

在这庸常的日子里
把心中翻涌的浪花肆虐成河
把苦恼烦闷的人世
化成诗意纷飞，幸福的伊甸园

# 玉兰花开

窗外的几声鸟鸣
我醒在了早春的温寒
歪着僵硬的腿脚，站在院子

怒放的玉兰挺立着手臂
如举向天空的酒杯
散发着酒香，迷离着我的双眼

突兀的枝干，简略着
纯粹的花瓣
连叶都成了多余

看着你美得那样高雅，朴实
似在莹雪中浸染
到处弥漫着一股清香

长满了浅绿绒毛的花苞
抓挠着思绪中深埋的记忆

在这没有蝴蝶飞舞，蜜蜂歌唱的时节
我只想与你薄醉，与清香同浴
素面粉黛地同你给春一个初吻

第十辑

# 人间烟火

**RENJIANYANHUO**

# 陨落的星辰

1

她只有 22 岁，眼睛干净，闪光
隐藏着一丝惶恐，带风的笑声
就像狂欢节的黄昏

夜里她把所有的假发
和帽子并排放在一起
用它们来丈量上帝手指的长度

她走过邻床
看着啜泣与啜泣之间那深深的峡谷
她也想站在她们沉默的热浪中
也想依靠在她们痛苦粗糙的树干上

走廊上的风，来来去去地哭
抚摸她那铁一样冰冷的小腿

卡片上的名字被更换得就像在换岗

信用卡在空荡荡的口袋里，打着节拍
明天太阳依然要升起
她的头如月亮一样耀眼

黑夜中被痛苦抓挠，蹂躏着
一床蜷缩的被子，和短袜
以及粉色的假发

她请求上帝伸长她的手臂
拉着她跑不起来的腿，之后
伴随着欢呼声就在病房
一起跳进天堂

2

少年嘶吼着沙哑的嗓门
尽管他用尽全力扭曲着脸
依旧帅气俊朗

“我想死，让我死”
他的脉搏撞击着血液里新进的液体

表情扭曲地搜寻着病房里的每一个角落

尽管他体内总有异物滞留
不时地冲向喉咙

但他能感受到，夏与秋的变换
似乎经常在沼泽中与一只死鱼打球
污浊中闪现出一个帅气的男生

他湿漉漉的额头上
就像因黑夜而复活的光

注射器已被拔掉，此时善与恶
正在慢慢倾泻进一个安静的世界

窗外剩下的阳光
映在一张黑色的胶片上
每个图的变换
都在预示着少年去往天堂的时间

3

他们只是一群孩子
48 个面孔与床一起抗争的日子
轮椅，拐杖与笑声在走廊穿梭
一样的头颅，刺眼闪亮

一位身穿短裙的女孩

站在走廊的尽头
一眼的惊恐，瞅着他们的笑声

上帝这时也看着光头下的各种面孔
还有骨科的大夫，当他切开病灶活检
又把报告单放下时，他也看见了
那个魔鬼正在向他的病人走近

向正在打开的天堂里望去
在风中飘舞的裙带，也可能是一面旗帜
让你起立，跟随她走或在她旁边哭泣

她的文字一直向往着天堂的无痛
但疼痛依然消耗着她的美丽
状元的光环也在药物稀释中被掩埋

魔鬼消耗着她最后的精力
赐福给她把想说的话留在了永久的空间
然后她转过身，背对着母亲

在灰色的车流中，她把头装在帽子里
她并未喊“妈妈”，也没喊“上帝”
也没产生奇迹

只感觉有只手在不停抚摸着她的头
还有一只被截肢的腿

她并没预言自己终结后的世界
只说了一句
“再也不会留着光头
拖着一条腿了”

# 无声的咖啡

我试图努力回忆那天
咖啡厅的某些细节
回忆那个纯粹简单的笑容，及手势
他们的热情和无言
在笑容中，升到了一个高度

她们的声音被隐藏了起来
灵魂却比声音还要悦耳
在那片无声的空间以外没有生命
一粒粒黑色的咖啡豆在98℃的开水中
研磨着他们未来的声音

我坐在窗边，和玻璃有了空间的相隔
外面车水马龙，如此刻一样的安静
她那双清澈的眼睛，无时不在环顾着你

需要什么？手依然在飞舞
就像电影屏幕下面的字幕
翻译给我，她们的语言

她们的喉咙只发出了颤音
没有啜泣
在“拿铁，摩卡”的浮沫中绘制着
自信与从容

世界如此安静
我静静地看着在无声忙碌的她们
我想借她们的眼，点亮我的双眼

就像在黑夜的街上
一个男人向路人借火
点燃他的最后一根烟

# 被月亮叫醒的太阳

1

忧郁的男人，女人
魂囊里，长着沉重的眼袋
他们在时间的所有空间中
把手上的河流，倾泻进了未曾离开的月亮

血在血管中冻结到无法喷溅，只能碎成碎片
大腿上的青筋蓝的像
像一位受尽折磨的女人
在与人之间的世界，口罩一直很安静

我的文字，以及我的手
无法改变你们焦虑的面容，暂停人市的拥挤
在你们的手心里，只有无助的眼神
在涌动的人海中，搜寻

当人群在天空的中心隆起

我再度感到，你们的肋骨及肺部的气息
有多大胆，强劲
需要多少气量，才能充满你们干瘪的口袋
需要多少呼吸，暴风雪般的呼吸
才能唱出那首《春天的故事》

2

在露水中，我的心举起了疼痛的重量
在街的尽头，你用削尖的眼神
坚硬的希望有人向你招手
一千次地虚掷着自己的生命
可尘世中的上帝总四肢八叉地朝天躺着
你们忧郁无助又充满希望的眼神
使我在晨光的灰尘里，看到无数的谷粒在开启
像正在被月亮叫醒的太阳……

# 归　来

一支歌，一支回归的歌
在奏响……
这一切都是那么的无奈
但我还记得，你就像脚步的回音
只是那脚步早就在口罩外生成

我听见号声，但不是欢呼
而回归的尘土已经
变成了田野间旋风

毒株与毁灭者聚集
建造者虽然在沙漠中传出
一些被捂住的声音

当尘土预言着尘土，一架飞机
在我们头顶，把命运口袋
上的拉链拉紧

当我在灰色的清晨，看到

许多被拆除撤掉的标记及检测
空气中充满了祈祷和梦幻
就像工业城市上空的空气
令人难以呼吸

大多的门店都已关闭
剩下的阳光映在街道的沥青上
就像太阳和大海在黄昏遇见

我在这三年中学会了张嘴，有节奏的
学会了排队，孤独地在列队中间
走路……

# 我和那些故事

## 1

这个冬季
我在一场疾速而持久的文字中奔跑
人性的激情温暖着我
翅膀的河流环绕着人生巨大的苦难
尽管如此
令我期望的那一天仍旧支撑着我

我把故事溶解在屏幕中
接纳着一切，吸收着虚无

此刻，我比天空的云似乎更平静
依旧坐在电脑前
在唢呐与二胡的曲调之间
我审视着故事里的人与物
仿佛他们在不同的时刻
会穿过同一条街巷，进入一个人的结局

在悲悯的乐曲中，我耸肩经过他们
冬日的阳光迷离，我却想让光照倾泻成直角
洒在他们命运的阴影处

他们在刺骨的寒天腊月
为生活克服着手指的僵硬
催逼着生活的磨难

记忆中的礼仪风俗，都在这里鞠躬
发亮的唢呐碗在黎明的嘴唇前
吐出生的呼吸

我依旧坐在家里，在朴素无意义的书桌前
总是和文中的人物明显地搅在一起

可我仍在坚持，因过去时代的命运
影响着我的现在
我想在不幸之中让他们也能拥有幸福的瞬间

我从文字中，翻阅着他们的一生
咀嚼吞咽着他们的苦难
在时光闪现的瞬间，蓦然
又何曾不是我们人生的全部光阴

## 2

现在我开始用一种新的方式
来看世界，虽然我知道
我不站在他们的光里

开始吧！你们嘴里的哨片
继续呼风唤雨地丈量村舍与街巷
让梨花在枝条上开放

岁月正在远行初度
悲壮的曲调继续震颤着大地
人世的万物却为你们未来的岁月欢唱

我会继续书写崇高的文字
美好的事，人民的事
我会一直注视着你们，而非仅仅知道

我必须要看清楚
唯一世界的景象与火光

在文字的崇山之中
我从一眼小小的泉水中饮水
但我的渴却朝过了海洋

我要像春天对待樱桃苗般对待我的文字
用所有快活善良的语言将你褒奖

我一直坚信
黎明一定会活在一棵苹果树的树冠
因为每一个拐弯处都有着大地对它的许诺

# 后 记

我喜欢文学所呈现出的每一种文体形式，我更喜欢用诗歌的表现形式来展现人类世界，比如爱情，乡土，以及每一个辛苦讨生活的底层百姓。因为诗歌可以把语言的创造力提炼到极限，更是一种文化文字的智慧，它可以把一滴水看做海洋，把一片落叶看成整个秋天……

首先我要感谢文学群里的老师、朋友，及各位文学领域前辈的一路鼓励与支持，才使得我取得小小的进步！你们的鼓励和点评会永远激励和鞭策我的诗与远方，这里我摘录几位老师的留言及点评：

1

初知郑曼是在《海外文摘》上读到她的 32 首诗，可归于爱情诗一类。今年又读到她关注底层社会、边缘群体的系列诗作，深沉，凝重，给诗坛带入一缕清冽、醒脑之风。

虽说现在写诗的人比读诗的人多，但真正称得上关注惨淡人生的又有几人？若说有，郑曼便是一位。

南生桥，作家评论家，陕西师范学院文学院教授

2

从海水中蒸煮出来的是盐，从生活的厚土长出的是诗。郑

曼的丰富经历，善于观察的艺术目光，使她的作品镌刻着岁月的雨痕，浸渍着情感的泪痕，叠印着思想的足痕，以多维的审美视角，女性意味浓郁的话语系统，摇曳多姿的意象，传递着她对这个时代、这个世界的美学感知和深沉认知。

杨焕亭，作家评论家，咸阳市作家协会原主席

3

郑曼是一位很有悟性且勤奋的诗人。她的诗作来自生活，关注底层民众喜怒哀乐，很接地气。社会需要这样的诗人。

王瑾，作家，诗人，《人民日报》原副主编

4

“被抛弃的田野，昂面八叉地躺着
袒露着一切，在日光之下
尽管她没有尖叫”
——读到这节，泪目。
很好的诗！为你骄傲！

白描，作家，教授，文学教育家，书法家，玉文化学者

5

你的诗来自人生感悟，植根现实生活，情真意切，意象叠加，味多美，是一株家乡骄傲的玫瑰！

阎纲，著名作家，评论家

6

《一株玫瑰》是诗人郑曼献给爱情、家乡、土地以及现实

人生的心灵独唱，诗歌朴素、自然、深沉、灵动，扑面而来的是浓郁的生命气息和人间万象，全书以悠远的回声，爱情的变奏，纷扬的思绪，生命的律动融合贯通，透现出灵感与灵魂栖息的精神世界，构建了一个让生命放飞的辽阔时空，书中那些浪漫而忧伤的诗句不仅反映出作者对生活的热爱，还让人看到了她求真、向善、唯美的精神境界。

李自国，著名诗人，四川省诗歌学会副会长、《星星》诗刊原副主编

2022 年 12 月 12 日　书于咸阳